アットホーム

齋木カブマキ

文芸社

ボクの家のリビングには、家族四人の集合写真が飾られている。五〇インチの薄型テレビが余裕を持って組み込まれているシステム家具の、細かく区切られている棚の一番目立つ位置だ。

写真は一年に一度、ボクの誕生日が過ぎると必ず更新される。つまりそれは、家族全員が近所の写真館へ足を運び、人工の背景の前で新しい写真を撮影するということ。最初の一枚は、ボクが四人目の家族として誕生して一か月後のお宮参りの日に撮ったと聞いている。今ボクは十二歳だから飾られているのは十三枚目になる。何の装飾もないシンプルな白い額縁の写真立ては、その長い歴史のせいで、三メートルでは分からないけれど、三〇センチメートルの距離で見ると夏虫色に変色している。そろそろ替えてもいい時機なのに、愛着があるのか誰もその写真立てを新しくはしない。

家族写真というと、外国の家庭ではごく自然にたくさん飾られているどこにでもある風景だけれど、この国ではまだ子供の成長を楽しみたい親の都合で、一方的かつ強制的に作り上げられる家庭内行事のような気がしている。従順な幼少時代はともかく、自我に目覚めると何でもなかった習慣が次第に苦痛になり、反抗する奴も出てきたりするものらしい（時々不参加だったり、一人離れて立っていたり）。

だけどボクにはそんな思いが湧き上がったことは一度もないし、想像したこともない。

だってボクは両親や姉に一度も不満を抱いたことがないから。だってボクの家族は世界一仲が良いから。

それよりも、ボクはこの十二年と少しの間、いつも自分自身に不満を持って生きてきた。

*

気がつくと、薄暗く深い森の中で身動きができなかった。地面は枯れ葉や枯れ枝、それに何だか分からない昆虫や小動物の死体が入り交じってぬかるみ、足が膝と足首の真ん中ぐらいのところまでその中に沈んでいた。体力が落ち込んだ時に見る夢の情景はいつでも同じだった。どうしたらいいのか分からなくなって、大声をあげようとした瞬間、一筋の光が顔を照らし、ボクはゆっくり目を開ける。息がかかるほど顔を近づけているのは、いつでも姉。細い眉毛をハの字にして心配そうに覗き込んでいる。

「たっちゃん、気分はどう？」

その質問は、必ず柔らかな笑顔とセットになってボクの目に飛び込んでくる。

「うん、もう大丈夫」

普段は大人しく控えめな姉めぐみは、ボクの些細な体調の変化でも、〝目の色を変えて〟という表現が決しておおげさではないくらい、家族の誰よりも率先して介抱してくれる。だから本当はすごくつらいけど、彼女のために少し無理をしてその笑顔に応える。

家族旅行には、毎回「達哉の体力増進を願って」という副題がつけられている。今年の日程は思い切って五月の大型連休のど真ん中に設定されたため、予約などを考慮して何か月も前から計画された。

今ボクたちは自然に囲まれた長野県の松本市にいる。駅前のホテルを拠点に三泊四日で周辺の観光地を巡る予定だ。到着初日の昨日は国宝の松本城を見学した後、「松本市アルプス公園」に向かった。計画当初は「美ヶ原高原美術館」のリクエストがあったのだが、山の上にあるため、十一月から四月まで閉館していた。松本駅前から出発する直通バスは夏季限定で、この時期にはまだ運行していなかったため、無理はしないという理由で断念した。でもボクにとっては何の問題もなかった。公園は松本市街地の北西部の丘陵にある。快晴のこの日、ピクニック広場から望む遥か遠くの北アルプス連峰や手前に見える安曇野の風景がとても美しいと素直に感動したし、公園の内部も十分楽しめた。全長が六二〇メートルもあるコースター（ローラー付きのそり）は、空気が澄んだ森の中を颯爽と滑り降りる。香りの森、桜の森はめぐみにも好評だった。山と自然の博物館二階に展示されている昔の登山道具や昆虫標本には、すごく興味をそそられた。家族広場中央のステージ脇には大昔から松本に伝わる伝説の巨人「デイダラボッチ」の足あともある。広すぎて全部を丁寧に回ることは残念だけれどできなかった。楽しそうな遊具がたくさんある「子供冒険広場」は横目で見て通り過ぎるに留まった。

自分でもはしゃぎすぎたと感じ始めた直後、ボクに体調の異変が訪れた。都心にはない夕方の冷え込みがさらに追い打ちをかける。今日（二日目）の午前中に美術館を訪れた頃は、前日早めに就寝したことが功を奏し体調への懸念はすっかり頭の中から消え去っていた。しかしその油断が命取りとなって、再び体力を浪費した結果、その報いは間違いなくボクの身体に襲いかかる。

少し早い午後、ボクは高熱を出した。それは両親と姉が楽しみにしていたワイナリーに立ち寄るため、ＪＲ大糸線で松本駅へ戻る列車内での出来事だった。急きょ予定はキャンセルされ、四人はやむなくホテルへ直行した。

旅行先で体調を崩すのは、不本意だけどボクのお決まり行事。

「いつもいつもしょうがないわね、半分は達哉の身体のために来てるっていうのに」

そう呟いた母はボクのほうを見ていない。窓の外の夕方の景色（たぶん遠くにそびえる北アルプスのシルエット）を眺めながら座卓に肘をついてお茶請けを頬張っている。母は家族の中では一番元気で明るい。今の自分の感情をその場で吐き出すぶん、後はまったく尾を引かない。

「まあ、いいじゃないか。以前は旅行のあいだじゅう、まったく動けなかったが、最近は抵抗力がついてきてすぐに回復するようになったんだ。達哉のための外出が必ずしも無駄ではないってことだ」

そう話すのは父。体格はボクとは違い、大きくて頑丈。真面目で、何事にも厳しい。中・高一貫教育の私立学校の教師をしている有名な教育者で、ボクの憧れの人。ボクをかばってくれるのもいつものこと。父の言葉で母の不満は収束する。

旅先でみんなに迷惑を掛けて横になる。心の中で何度も何度も（ごめんなさい）を繰り返す。でもそれと同じくらい（ありがとう）も繰り返している。ボクを中心に家族がまわっている。みんなで旅行できることが、体調とは反対にボクの心を晴れやかにしてくれる。母は呆れているけれど、そう言いながらも心配してくれている。親だから当たり前と言えば当たり前だけど、やっぱり嬉しい。よく見ると、意外に楽しんでもいる。

楽しい気持ちはいっぱいあるのに、病弱な身体のせいで喜びを素直に表現できないままゝ、結局暗い気持ちのほうに傾いてしまう。そんな歯がゆさの原因は、ボクの出生にある。

肺の機能が十分に発達していない状態で生まれた未熟児のボクは、しばらく機器の助けなしでは完全な呼吸ができなかった。成長してからの大きな危険も心配されたらしいけど、今のところ気になる障害は自覚していない。でも万全な健康体とまではいかず、何かあると決まって高熱を出した。

油断すると、いつも優しく寄り添っている死神クンが容赦なく襲いかかってくる。そんな気の抜けない生活が、家族をより過保護にしているみたいだ。その証拠に七五三や小学校の入学式など、生きている証しとして行われてきた過去のイベントすべてに家族全員が参加している。逆にこのひ弱さが一層家族の絆を深めているとも言えるので、考え方によっては良い傾向なのかもしれない。

朝の目覚めは昨日に比べたら格段に良かった。芳賀家の旅行にタイトなタイムスケジュール設定はない。もちろんその原因はボク。朝食後、明日の帰り支度を半分整え、ホテル内の喫茶室でゆったりとした時間を過ごす。お昼前にはホテルを出て、再びJR大糸線に乗車。穂高駅で降りわさび農場へと向かう。

我が家の移動は専ら公共交通機関だ。都心を離れると車移動のほうが利便性は高いけれど、地方でも路線バスや送迎バス、距離が短ければタクシーなどを駆使して計画が立てられる。

　安曇野はわさびの名産地として有名だそうだ。きれいで豊富な水資源なくして美味しいわさびは育たないと聞いたことがある。多くの山々に囲まれたこの地なら農場の広さが日本一なのも納得できる。

　わさびの使い道というと、ボクの浅い知識では寿司や刺身、あとはざる蕎麦の薬味しか思い浮かばない。でもここには本わさびのソフトクリームやわさびコロッケ、わさびバーガー、それにわさびカレーなんていうメニューもあった。

　ボクら家族四人は場内のわさび畑を一通り回った後、レストランで昼食を取った。大人三人は本わさび丼を注文し、ボクは思い切ってわさびカレーにした。少し怖かったけれど、想像以上に美味しく食べられた。味をしめたボクは昼食後、フードコートでわさびソフトクリームを試してみた。とても美味しくて病みつきになりそうだった。

　施設見学も重要だが、母は来る前からご近所へのお土産を買う場所としてここを重要視していた。でもボクや姉は友達に渡す品物を探すには無理があると考えていた。一通りは見て回ったけれど、案の定、目を引くアイテムは見つからなかった。そこで姉と相談し、明日帰りの列車に乗る前に、ＪＲ松本駅近くのビル地階にある土産物店に、特例で急きょ立ち寄ってもらうことにした。

話が少し横道にそれるが、家族四人がこの旅行のようにまとまって移動すると、どんな状況や場所でもすごく目立ってしまう。その中でも両親は特にそう。

父賢一は学生時代にラグビーをしていて、ポジションはフォワードのナンバーエイト。背が高く体格はガッシリしている。五十三歳の今でも筋肉はあまり落ちていない。外国人のような彫りの深い顔立ちで、若い頃からモテたらしい。歳は重ねているけれどイケメンだ。

母美奈子はすごく美人だ。一九五〇年代から六〇年代に活躍したハリウッド映画の大女優のように、スッキリした目と鼻と唇をしている。彼女は現在四十歳なのに、いつも三十歳くらいにしか見られないほど外見も若い。一発で母の年齢を言い当てた人に今まで会ったことがないし、四十歳で二十五歳の娘（姉めぐみ＝美人）がいる女性にも、会ったことがない。この驚愕の事実に誰もが驚嘆し、母はその反応に歓喜する（ちょっとおおげさかな）。

今日もちょっとした出来事があった。

母が求めていたお土産を選び終わると、それらを抱えて姉が会計に向かった。包装作業を待つ間、二人は顔を寄せて陳列されている他のお土産物について熱心に話し込んでいた。三分後、紙袋を提げて戻ってきた店員は最初に母を見て言う。

「お待たせしました。あれ、こちらはお姉さんでしたか。失礼致しました」

店員は向きを変えて支払いをした姉めぐみを確かめ、紙袋を手渡す。その一部始終に二人は肩をすくめて微笑んだ。

「あたし、お姉さんだって」

母はそう呟いて再び緩む口元を押さえ肩をすくめた。

「あれ？　違うんですか」

店員は目を丸くした。

「母なんです」

細い眉をハの字にさせ、姉が済まなさそうに店員に囁く。

「え、そうなんですか、ごめんなさい。とてもお若く見えたもので。すごい美人姉妹がいるなあと思ってずっと見惚れていたんです」

店員の張った声がフロア中に響き、周りのお客さんも納得の苦笑いを浮かべていた。

他人を装い傍観していたボクは意味もなく誇らしかった。

次の日も土産物店で「格好いいお父さんで、三人とも羨ましいね」と、おまけのボクを含めて、三人きょうだい（姉妹弟）に間違われたことを先に報告しておく。

家族旅行最終日の夜は、毎回外食するのが恒例になっている。四人はわさび農場からホテルへ戻った後、しばしの休憩を挟んでＪＲ松本駅の近くにある居酒屋に向かった。

昨日の予定の半分は自分のせいでキャンセルになってしまったが、この日はスケジュールを滞りなく終えられそうで、道すがら密かに胸を撫でおろした。

母が予約した店は、〝信州の酒と食材にこだわるお店です〟とインターネットのグルメサイトで紹介されていた。お酒好きの彼女は、必ず地酒が飲めて料理が美味しいお店を探す。母はここに目星をつけた後、旅行前にわざわざ食べに来て確かめたので、いい店なのは保証済み。長野県のご当地グルメといったら蕎麦しか思い浮かばなかったけれど、他にどんな料理が出てくるのか、みんなとても楽しみにしていた。

店に入ると、ボクたちは座敷に通された。他のお客さんの盛り上がりと店内の熱気に圧倒されて、座布団に腰を下ろした頃には、すでに四人の顔が上気していた。

長野県は馬肉料理も有名だそうで、そのコースメニューを注文した。前菜、刺身、鍋と続き、サラダ、焼き物、揚げ物。そして〆は信州蕎麦という流れだ。頑張ったけれど、大人用の量だから、一つ一つの料理は残念ながら完食できなかった。残して皿を戻すのは料理を作った人にすごく申し訳ないけれど、すべてに口をつけられたのですべての美味しさは辛うじて感じられた。わずかな余力を残して信州蕎麦だけは完食した。大人になったらもう一度ここに来て、その時はきっと全部を完食しようと心に誓った。

目の前に料理が並び始める前から、母はお店一押しの日本酒を飲み始めていた。「これが飲みたかったのよ」と、始めから上機嫌だった。そうなると口をついて出るのが〝中学生の時、教師だった父と大恋愛をした〟という二人の馴れ初め。これもまた恒例行事。真面目で普段口数も少ない父は、お酒が入っても饒舌になることは稀だ。けれども母の十八番が始まるとまたそれかと呆れながらも目元が少し下がるし、口元が緩んだ。誰が見ても楽しそうなのは一目瞭然だ。

十八番【じゅうはちばん】その人が最も得意とする物事。おはこ。▽主に市川家で代々当たり狂言だった十八の芝居を「歌舞伎（かぶき）十八番」と呼んだことから。

（『岩波　国語辞典　第六版』以下、表示ない箇所はすべて上記より引用）

母はその頃、すでに身長が一六〇センチメートルあって、大人の女性のような完成されたプロポーションをしていたそうだ。

「あたしはその時、もうナイスボディだったのよ」

そう言って戯《おど》けながら、母は服を着たままでも際立って大きいと分かる胸と、スカートがはち切れそうなお尻を突き出し、強調してみせる。「だからお父さんはそんなあたしに魅せられて、教師と教え子の垣根をあっさり越えてしまったのよ」と、楽しそうに微笑みながら言葉を続けた。

母は十五歳の時、姉を産んだ。この国の法律では女の人は十六歳にならないと結婚できないのは知っている。どうしてそんなに早く姉を産んだのかはボクには分からない。でも母が初めて大人の男の人を好きになったのがたまたま中学生の時で、その人の子供を産みたいと思ったのがたまたま十五歳で、きっと子供を産んではいけないという法律がなかったから、そのまま姉を産んだのだと思う。

今日また母と姉は姉妹に間違われた。実はそれがボクには最高の喜びだった。なぜなら二人の姿を、ボクの家族を、羨望のまなざしで見られることは、父や母が仲の良い家庭を築いてきた証しだからだ。

旅行をするたびに隣近所へのお土産を欠かさない母は、帰宅早々配って回る。ボクはいつでも母のお伴だ。

「家族で長野に行ってきました。これはつまらない物ですがどうぞ召し上がってください」

同じセリフを繰り返しながら手渡すのは、昨日、安曇野のわさび農場で買い込んだわさび漬け。

配る順番はいつでも同じ。最初は右隣の野村さんの家に向かう。野村さんは近所でも有名なお喋りおばさんだと母が言っていた。自分の扱われ方で、その家の評価が良い方にも悪い方にも極端に振れ、言葉を選ばず相手も選ばない。だから母も野村さんの扱いには細心の注意を払うのだ。

「まあ、芳賀さんのところは仲が良くって本当に羨ましいわ。ご近所でも皆さんそうおっしゃるわよ」

お土産を受け取った野村さんは、いつものセリフを口にして強張った笑顔を見せる。左隣の池田さんも、正面の清水さんも、裏の山本のおばさんも、反応はいつも野村さんと大体同じ。この繰り返しをボクは前から不思議に思っていた。家に戻ると母が必ず口にする〝シャコウジレイ〟という言葉の意味を去年知って、大人の世界を少し理解したような気がした。

もしもこんな茶番のような習慣に付き合わされる子供がいたなら、次第にうんざりしはじめ、やがて拒否することだろう。でもボクはこのお伴を苦痛に感じたことはない。逆にみんなの決まり文句がいつでもボクを安心させる。

〝アットホーム・ファミリー〟

アットホーム　家庭的でくつろげるさま。よそよそしさがなく親しみ易いかんじ。

いつの頃からか、我が芳賀家はこう呼ばれるようになった。それは、この地道な近所付き合いから生まれたもの。母の尽力が大きいのだ。

じんりょく【尽力】力をつくすこと。ほねおり。

野村さんの陰の広報活動や近所の人たちの声が一〇〇パーセントの信用度でないことは承知しているけれど〝仲が良い〟と言われることは、やっぱりいつも嬉しい。

もう少し母の功績を紹介しよう。

家族一明るく元気な母、美奈子の行動は常に積極的だ。その特性を活かして芳賀家の全行事を仕切るのは言うまでもなく、広報担当、先の近所付き合いはもちろん、対外的なあらゆる活動を掌握する。だから単独での外出も多い。運動会やお祭り、町会会館の掃除当番など、町内会の行事は欠かさず参加している。その他にもテニスサークルに毎月第二と第四火曜日に通っているし、カラオケの会は毎週木曜日に開かれている。ボクが知っている行事はここまで。でもこれで全部じゃない。

ボクの毎日はほとんどが自宅と学校を往復するだけの単調で味気ないもの。でも学校から帰ってきた時、玄関に溢れているお客さんの靴とリビングから聞こえるテンションの高いおばさんたちの笑い声が、滅入る気持ちを消してくれる。

母はその他のサークルでもリーダー的存在で、作戦会議の基地は決まって芳賀家。部屋に籠っていることが多いボクにとって、リビングの盛り上がりの中で、いつでも家族の仲の良さを楽しそうに語る母の声は一際強く耳に届く。生気溢れるその声は、身体に深く浸透してボクを元気にしてくれる。

　これも母の功績。

　そんな母も、姉とは十二歳離れたボクに、普段はあまり深く接しようとしない。ボクも母と二人きりになると少し緊張する。姉が身の回りの世話をすべてしてしまうので、母はやることがないのかもしれない。親子の間でこの不自然な状況は、仲が悪いと思われても仕方がないけれど、ウチでは何の問題もない。だってそれ以上に母にはイイところがたくさんあるから。

＊

　ボク、芳賀達哉は十一月で十三歳になる。姉は、幼少時代にはボクも時々走り回っていたと言うけれど、生まれた時から病弱だったと繰り返し刷り込まれていたせいでボクの記憶は歪められ、元気に外で遊んだ記憶がまるでない。

　その代わり、テレビへの執着はかなり強かったと鮮明に記憶している。最初に思い浮かぶのは公共放送の教育テレビだった。隣にはもちろん姉がいた。テレビの前には一輪挿しがあって、名前も知らない可愛い花が咲いていた。

　やがて言葉が話せるようになると、テレビを観ながらボクは姉によく言葉の意味を質問していたらしい。何を聞いたかは定かではないけれど、姉が笑顔で何かを話し掛けている記憶の断片が、ボクの脳内のスクリーンに今でも時折映し出される。

　小学校に入学する時、姉はボクに国語辞典をプレゼントしてくれた。それは低学年生が使うような、大きな文字で優しい言葉だけが並んでいるものではなく、大人も使えて難しい言葉がたくさん載っている『岩波　国語辞典』という立派なものだった。

「たっちゃんは言葉にすごく興味があるみたいだから、これでいっぱい勉強してね」

　姉の後押しで、ボクは言葉に夢中になった。

　最初は上手く調べられなかったけど、五十音の順番に慣れてしまうと、後は楽だった。一度調べた言葉は桃色の蛍光マーカーで色を付けた。その作業がなぜだか楽しかった。ひたすら調べまくっていたら、一年生の国語の教科書に載っていて意味が分からない言葉は、入学後一か月で全部調べ終わってしまった。そのペースは六年間ずっと続き、どこに行くにも辞典が手放せなくなった。日本語は一つの言葉でも使い方によっては正反対の意味が発生する。世界の中でも難しい言語の一つだと思う。ボクの理解度はまだまだだけど、姉のおかげで日本語の持つ奥深さに小さい頃から取り憑かれてしまったようだ。ボクのスタートは国語辞典だけれど、現在はインターネットで言葉の意味はもちろん、類義語や例文まで詳しく、しかも短時間に分かってしまう。便利になったのは確かに良いことだけれど、調べている間の、もどかしく流れる時間も楽しみの一つだったから、今は少し味気ない気がする。そんなふうに言葉への探求心はとても強かったのに、読書に対する興味は薄かった。言葉や文章を目で追い掛けるよりは、一つ一つの理解を深め、それらを駆使して自ら構築していくほうに傾倒していったようだ。

スポーツ番組もたくさん観ていたからいろいろなスポーツに興味はあった。小学生なら誰でものめり込む、野球、サッカー。父がやっていたラグビーは迫力があった。観ていてとても興奮したのでノーサイドの後はぐったりした。テニスも好きだ。でも水泳は、ちょっと苦手。五歳の夏、連れていかれた海の波打ち際で、突然来た大波を頭からかぶって嫌というほど水を飲んだ。その時恐怖で大泣きしたトラウマで今でも少し水は怖い。そんな水泳も含め、始めればきっと飲み込みは早いほうだと根拠のない自信がある。だから打ち込めばそこそこ上達することは想像できた。でも挑戦する勇気がなかった。強い刺激には抵抗感があった。スクールなどに入会しても、団体行動のトレーニングに付いていける自信がなかった。忍耐力がまったくないと思っていた。全部自分はひ弱で病弱だという境遇と、その思いの意識下への刷り込みが邪魔をしていた。

走るのは苦手だけれど、体育の授業が特別嫌いというわけではなかった。でも小学生の体育の授業では、何かに特化した競技はあまりやらない。今思うとボクにとってはカリキュラム自体がつまらないだけだったのかもしれない。だから六年間、運動が苦手というレッテルを公私共に貼っていたのだと思う。

こんなボクにも運動会は毎年やってくる。クラス対抗の全員出場ものはやむを得ないけれど、やりたい競技なんて当然ないから、誰も立候補がない、余り物競技をクジ引きで幾度となく引き当てた。地道な、日々の積み重ね練習ができない精神力と体力では、いつでもぶっつけ本番で無様な姿を晒すのみ。

何の取り柄もない、見せ場なんてあるはずもない一虚弱児の運動会に、それでも毎年家族全員、気合を入れて観にくる。当然芳賀家は目立ってしまう。保護者たちの中には有名な父のことを知っている人も多い。ちょっとした芸能人家族出現の場に変わり、わざわざ握手を求めにくる人もいる。若くて美人の母もいるし、姉の器量良しに気づく人も多いから、たくさんのスマートフォンのカメラが集まり、人だかりができてしまったりもする。

芳賀家が注目されて「アットホーム・ファミリー」をより多くの人に知ってもらうのはとても嬉しいことだけれど、ボクが見せる醜態で三人がとても恥ずかしい思いをするのが心苦しかった。

そんな憂うつ感と焦燥感を抱えた小学校三度目の運動会は、忘れられない一日になった。

ゆううつ【憂鬱】うっとうしくて気持が晴晴しないこと。気がふさぐこと。
しょうそう【焦燥・焦躁】あせっていらだつこと。「—感に駆られる」

ある競技で走らされたボクは、スタート後間もなく取り残され、トップを争う三人からは大きく離された。次第に屈辱感と絶望感が心の中を覆い、すぐにでも逃げ出したい気持ちに駆られた。最悪の心理状態の中、追い打ちをかけるように、ボクはコーナーで足を滑らせ転倒した。顎と左膝を地面に強打し、一瞬気が遠くなった。目の前で突然の異変に遭遇した保護者たちの「おお」という驚きが一斉に降り注ぐ。口の中は切れ、広範囲に擦りむいた膝に土の付いた血が滲む。痛さと情けなさが涙を溢れさせる。ボクにはもうどうにもならなかった。（誰か何とかして）心の中で叫んだ。遠くで係の先生が走ってくる音が聞こえた。先生が、この華やかなステージでの悪夢のような出来事をこのまま排除してくれると一瞬心が軽くなった。

その時だった。

「立て、達哉！　先生、達哉に触らないで！」

駆け寄った先生の足が止まった。

父は人目も気にせずボクに近づき、大きな声で続けた。

「達哉、ビリでもいいから最後までやり遂げるんだ！」

でもお父さん、と返す先生の声が聞こえ、間を置かず、もう少し待ってくださいという父の声が続いた。

「先生、ボク大丈夫……」

小さな声で訴え、ゆっくり立ち上がる。体操着についた砂利を払うこともせずゴールへ向かった。再び「おお」というどよめきが響き、拍手の音もまばらに聞こえた。打った顎と出血した口の中、さらに擦りむいた膝の痛みが強烈で、泣きながらゴールを目指した。先生が並走している。保護者たちの中から「がんばれ」という声援と拍手が起こった。ゴールにはもう一度テープが張られ、ボクは崩れ落ちるようにテープを切った。「よく頑張ったね」と、先生に抱きかかえられ、褒められる。傷の手当が終わると、放送テントの裏で芳賀家の三人が待っていた。

姉は涙をためた目で何も言わずにボクを強く抱き締めた。母は頭に手を置いて「やるじゃん」と笑って言った。少し離れて他の保護者たちに交ざって立っている父を見つけ、泣きながら駆け寄るボクは周りからの拍手の音に包まれた。父はすぐさま腰を下ろし、両腕を掴んで言った。

「運動が得意とか苦手とか、足が速いとか遅いとかは問題じゃない。一生懸命やることが大事なんだ。そしてどんな親でも子供の晴れ姿を一生懸命応援する。たとえ結果がビリでもやりきることが大事なんだ」

泣きじゃくるボクに父は優しく諭した。父の話を聞いて周りの母親の中には感動して涙ぐむ人も何人かいた。普段の父は口数が少ない。でも子供が親を必要とする瞬間は必ず言葉を掛けてくれる。

ボクは父賢一が大好きだった。


ボクは今年の四月、地元の公立中学校に入学した。父は、自分が勤める私立学校への進学を勧めなかった。「行きたい」と言えば入学できたかもしれないけど、父の学校へはバスと電車を合計三つ乗り継がなければ通えないので、体力的に無理だと考えたのだろう。

憧れの父は有名な教育者であり、教師として席を置く中・高一貫教育の私立学校は東京都の世田谷区にある。人気が高いこの学校の偏差値は、決して高くない。超難関校が一部の優秀な生徒を東大や京大に進学させるためのシステムになっていることが多いのに対し、父の学校は一人一人に手厚い受験指導を行い、なるべく多くの生徒たちの学力を上げる工夫をしている。だから有名大学へ進学する卒業生も多い。もちろん校風や教育理念がしっかりしているという評価も大きい。そして「芳賀賢一」という存在が少なからずその人気に影響を及ぼしているのも、ひいき目に見ても動かしようのない事実だ。

　そんな素晴らしい環境の中に身を置く父。人間一個人の性格を一つの言葉で当てはめて表現することは難しいけれど、その人の大半を形作っている言葉はある。

げんかく【厳格】手加減などせず、きびしいさま。「—な審査」

「厳格」、父の性格には、最近覚えたこの言葉が似合っている。厳格と言えば、規律や道徳に厳しく不正や怠慢を許さないというイメージがある。二十五年以上学校の先生をしているので教育者という立場からボクや姉に対するしつけは厳しい。〝挨拶をハッキリ〟〝言葉遣いはきちんと〟〝自分の事は自分でする〟など、すごく当たり前だけれど、その当たり前を時々忘れていい加減にしていると、ボクらをすぐに呼び、自分の前に立たせて注意をした。

　同じ過ちを繰り返せば、当然怒りの感情が募って声も大きくなるはずだ。ところが父の説教はいつでも冷静だった。彼の場合「厳格＝拳骨」ではない。「怒鳴るのがしつけではない。子供には辛抱強く接することが大事」と誰かに話しているのを聞いて、その教育方針に胸を撫で下ろしたし、子供ながらに共感もした。

　そして「厳格な父」というのは、理想が高く、有無も言わせず自分の考え方や生き方を息子には強要しがちだと思う。でも父はそうじゃない。生まれた時から命の危険に晒されていた、ひ弱で病弱な息子を客観的に見て、いきなり自分のような人間になれというのはあまりにも無理があり、酷だと考えたのだろう。だから父はまず健康な身体を作ること、そして自立する心を養うことを常に諭していた。

「毎日少しずつでいい、無理をせず、自分のペースで、自分が心も身体も強くなる努力をしなさい」

と、未熟者の自我を尊重してくれた。

一般的に考えると、厳格な父を好きになる息子は少数派かもしれない。だからボクはその貴重な存在の中の一人だ。

家にいる普段の父は、冗談を言ったりもしない。ほとんどの時間書斎に籠っている。きっと教育のことを考えているんだと思う。でも昔の小説家や芸術家にありがちな、家族を顧みない生活を送ってはいない。食事の時は必ずみんなと一緒にテーブルを囲み、一家団欒の時間を大切にする。

「お父さんの歳まで教育に携わる人間の多くは、たいがい教頭先生や校長先生、あるいは何らかの役職について生徒から離れてしまう。でもお父さんはそれが嫌だった。現場の先生や生徒たちの間で起こった問題を公にしなければならない時、まるで他人事のように内容を報告する、血の通わない責任者になりたくはないと思った。いつまでも子供たちの中で、子供たちの気持ちになって教育していきたいんだ」

学校でのいじめによる自殺問題が世間を騒がせていた頃、珍しく夕食の場で力説していた父の姿が心に残っている。厳格な父だからこそ、教育者として家族に言わずにはいられなかったのだと思う。

そんな父に純粋に憧れるし、尊敬している。もしもこのひ弱な自分を克服できたなら、ボクも父のような教育者になりたいと本当に強く思っている。


身体の障害は幸運なことに何もないけれど、それでも人一倍病弱だから、毎日欠かさず飲まなければいけない薬がある。気がつくと「『元気が出る薬』だよ」と姉から与えられていて、何の疑いもなく日常化していた。小学二年生のある日、姉の前で薬を飲もうとした時、ふと考え、飲み始めた日の記憶が思い出せないと尋ねたことがある。姉は間を置かず、二歳の誕生日からだとハッキリ答えた。

最初は液体の薬だった。分量の目盛りが刻まれたプラスチックの小さな容器に入った淡い紫色をしたジュースのようで、とても甘かった。だから薬だという認識がなかったようだ。幼児のそれは体重に合わせて分量を決められるため、一定量以上は飲めないにもかかわらず、もっと欲しいと駄々をこねて困ったと、姉は笑い話にしてくれた。そして七歳の誕生日からは粉末になり、十歳の誕生日には直径五ミリほどの黄色い錠剤一粒に変わった。それが毎年誕生日を過ぎると半錠ずつ増えていき、中学一年生の五月現在、服用は一日二錠だ。

この「元気が出る薬」は滋養強壮剤の一種だと姉は言った。滋養強壮剤というと、テレビのCMで流れている、仕事で疲れた大人が飲むドリンク剤を想像するだろう。実際この薬もそれらと中身はほぼ一緒で、弱った身体のいろいろな機能を普通の状態に近づけるための、自然の植物や動物の中に含まれる人間に良い成分が配合されている。ただ少し違うのは、ボクのような虚弱体質の子供でも飲めるよう特別に〝穏やかな〟効き目にしたということぐらいだ。

でもこの「元気が出る薬」は特別だから、医療用で一般には市販されていない。なぜ市販されていない特別な薬をボクが飲めるのか。その理由は、姉の成長を中心に芳賀家の歴史をもう少し紐解くと見えてくる。

姉の芳賀めぐみは、弟のボクが言うのも変だけど、とても大人しい。でも、大人しいという言葉だけで姉を表現するのは、ずっと前から少し足りない気がしていた。

そうしたら先日、偶然「お淑やか」という言葉を耳にした。テレビのバラエティ番組の中で、ある若い女性タレントの性格を、六十代前半くらいの、顔が脂で光っている司会者がそう表現していた。

「君は最近の女性にしては珍しいよね」
脂ぎったオヤジがニヤケながらさらに付け加えたので、気になって調べてみて、ボクはなるほどと思った。

しとやか【淑やか】（女性が）物静かで上品なさま。ものやわらかでたしなみがあるさま。

母は元気で明るいし、学校の同級生も同様に、周りにいるのは積極的で、行動的な女子のほうが圧倒的に多い。彼女たちと見比べるとやっぱり姉は大いに違う。なので姉は、今時珍しい〝お淑やかな女性〟だと定義できる。
彼女も母と同様、美人できれいなのは言うまでもない。現代風に言うなら、〝姉はしっかり母のＤＮＡを受け継いでいる〟ということになる。

ディー・エヌ・エー【DNA】《deoxyribonucleic acid》
1 →デオキシリボ核酸　2 俗に、遺伝子のこと。また、先祖から子孫へ連綿と伝わるもの。
（goo 国語辞書　https://dictionary.goo.ne.jp/word/ より）

つまり同じ〝美人になる素〟を身体の中に備えているということだ。でも母と少し違っているのは、童顔だということ。

どうがん【童顔】こどもの顔。また、こどものような顔つき。

姉は二十五歳。ところが家の中ではまったく化粧をしない彼女は、十代後半にしか見えない。そんな外見が邪魔しているのか、姉に恋人らしき男性がいる気配を長い間感じなかった。その最大の根拠は毎日必ず同じ時刻に帰ってくること。姉は一流企業といわれている「K薬品工業」という薬の会社で、正社員として働いている。童顔でお淑やかだから美人なのを気づかれないのかもしれないけど、世間の大人の中には鋭い観察眼を持った人もきっといるから、仕事を終えた帰り道には誘惑と称されるたくさんの障害物が待ち受けているはずだ。それでも姉は午後六時三十分には必ず帰宅し、すぐに薄紅色をしたスウェットの上下に着替え、ボクのそばに来て、その日にあった会社での出来事を話してくれる。だからボクも学校での出来事を彼女には素直に話せた。

　気がつくとボクの左隣にはいつも姉がいた。小学三年生まで姉とは一つの部屋で生活していた。四年生になって、ボクが時々友達を家に連れてくるようになると、姉は隣の部屋に移ったけれど、それ以外は一緒にいるし、寝る時は今でもボクの部屋に布団を二枚並べて敷く。父や母がいなくても姉がそばにいてくれるだけで、ボクの病弱な身体も心も安心できた。そして姉がいるところにはいつも花が飾られていた。花の優しい香りが、まるで姉の柔らかな笑顔から溢れてくるようだった。それが当たり前だったから、姉を煩わしいと感じたことは一瞬もない。友達から「姉ちゃんとよく喧嘩する」と耳にするたび、ボクは首を傾げた。父も母も大好きだけれど、中でも姉のめぐみが一番なのは動かしようのない事実で、将来もその牙城は揺るぎない。

そんな力説を繰り返しても別れる時は必ず来る。大好きな姉だけど一生ボクのそばにいられるはずはない。姉もいつかは結婚する。

だけど〝もう大人だから〟〝ボクのことはもういいから〟と、強がれるだけの自信が今の自分にはない。姉の柔らかな笑顔を見てしまうと、いつまでもそばにいてほしいと心の中で願ってしまう。叶うわけがないのに、いつの間にか祈っている自分がいる。


姉めぐみの成長に大きく関わった重要なアイテムが、ボクの本棚の一番隅にある。それは厚紙の表紙の角が丸く削れて、少し古ぼけてはいるけれど、大事に扱われてきた歴史が感じられる重厚な植物図鑑だ。本棚にある唯一の姉の持ち物で、彼女の三つの宝物の内の一つ（因みにもう一つはどうしても犬にしか見えない脱力した熊のぬいぐるみで、残りの一つは秘密だそうだ）。

花の大きなカラー写真と、その脇には詳しい説明が掲載されている。幼少の頃、姉の膝の上で絵本代わりに見せてもらったのが最初で、今でも時々開いている。とにかく鮮やかな花を眺めるだけで楽しい本なのだ。

小学四年生の三学期が終わった春休み、たくさんの花畑で有名な千葉県の房総半島の南部へ旅行に出掛けた。沿道の至る所に植栽された、四季折々の花々が数多く観賞でき、特に冬の一月から二月にかけての菜の花は有名だ。「房総フラワーライン」という名のドライブコースとして有名だが、鉄道は近くまでは通っていない。自家用車を使わない芳賀家の旅行は路線バスと徒歩の移動（時々タクシー）のため、長さが二〇キロメートル以上あるうちの限定ルートになる。「達哉の体力増進を願って」の副題はもちろんあったのだが、消化不良の満足度で終わりかねない危うい企画の決定理由は、姉のリクエストだったからだと母が言った。

ボクたちはJR内房線で千倉駅まで行き、安房白浜行きのバスに乗り換えた。花畑が海沿いを走る国道四一〇号線の両側約九キロメートルに渡って点在して続くこのルートを芳賀家の旅は選択した。最初の花畑がある七浦バス停で降りると、そこから全行程を徒歩で進むには約二時間十分を要するとガイドブックに載っていた。ボクの体力を考慮して、当然スケジュールは二日間になった。これは多分異例なはず。花摘みができる花畑もあるので、ゆっくり進むと長く楽しめる。姉の顔は楽しそうにずっと上気していた。菜の花を始めキンギョソウ、キンセンカと、姉はボクに花の名前を矢継ぎ早に教えてくれた。でもボクには致命的な弱点があった。図鑑を見ている時もそう。眺めているのは楽しいけれど、色や形が同じように見えてしまう花たちをなかなか覚えられなかった。姉には申し訳ないけれど、通り過ぎるとほとんど忘れてしまった。前半の前半で疲れ始めてそれどころじゃなかったのもその理由。でも白間津のお花畑は最高だった。花畑に導かれて上り坂を歩き、国道まで上がって海のほうを振り返ると、色とりどりの花絨毯の向こうに瑠璃色の海が広がった。その瞬間心が晴れて少し元気になった。忘れられない景色の一つだ。

一日目はここで終了し、バスで千倉駅に戻り、旅館で一泊した。

ボクはこの夜熱を出した。みんな心得ているのでまったく慌てる様子はない。姉は隣の部屋に布団を敷いて衣服の着替えを手伝い、解熱と栄養補給の薬を飲ませ、すぐにボクを寝かしつけた。申し訳ない気持ちでいっぱいだけど、手際の良さに感心してしまう。姉はきっと旅館の料理を堪能する暇がなかったと思う。

目が覚めると、部屋の中を枕元の小さな灯りだけが橙色に照らしてしていた。姉はボクの布団の上に手を置いて、左隣で眠っている。掛け布団は足元に二つ折りのままで、旅館の寝間着を着ているのが分かった。袖から長く伸びた姉の細い腕が薄明りの中で透き通るように白く光っていた。

「熱、下がった?」

姉が気づいて顔を少し上げ、微笑んだ。

「うん……、ごめんね」

いつものように謝った。

「だ・い・じょ・う・ぶ・よ」

姉はさっきより、長くて深く微笑んで、ボクの額に口付けをした。姉の首筋からいい匂いが漂ってきて、直後深い眠りに落ちた。


寝覚めは最高だった。ボクはすぐさま完全復活をみんなに知らせた。

二日目スタートは「白間津お花畑」をもう一度観て、花畑が点在する道を南下していく。

杖珠院《じょうじゅいん》で『南総里見八犬伝』のモデルになった安房里見氏の墓に寄り道して、白浜海洋美術館、厳島神社、野島埼灯台の岬の遊歩道を歩き、岩礁の先端に一脚だけ置かれたベンチに座ってから、「野島埼灯台口バス停」から路線バスに乗り、ＪＲ内房線の館山駅に向かう。

旅行の際、すべてを取り仕切るのは前述の通り母だけれど、盛り上がると夢中になって時間を守れないことが頻発するため、立ち寄る花畑での観賞時間や、食事、バスの時刻などは父が管理した。もちろん見て回る時のマナーや、食事の際の行儀などにも目を光らせている。口数は例によって変わらないけれど、表情は終始穏やかで、珍しく積極的な姉めぐみの花談義にも熱心に聞き入っていた。

今日のタイムスケジュールの管理も完璧で、バスに乗る時刻も予定通りだった。

バスが走る国道四一〇号線は房総半島南端の大きなフラワーパークを過ぎた辺りで進路を北に向け、しばらくすると房総フラワーラインが海沿いに続く千葉県道二五七号線を左に見て別れ、ＪＲ館山に向かってさらに北上を続けた。そのまま海沿いを辿っていれば、「館山ファミリーパーク」もある。自家用車の利用や時間の余裕があれば、姉はもっと楽しめたのかもしれないと思っていると、「この続きはいつかデートでドライブしてよね」と、母は冗談混じりで途中終了を詫びていた。姉は「ううん、十分だよ」と首を振って苦笑いしていたけれど、ボクには聞き捨てならない会話で心が乱れた。

ＪＲ内房線館山駅からタクシーで五分ほど進むと、海沿いにあるホテルにチェックインしたのは夕方四時半少し前だった。

午後六時まで部屋で休憩してから夕食のため外出した。

地元館山で獲れた新鮮な魚介類を味わえ、ボクが生まれる遥か昔の昭和四十年から続いている老舗の日本料理店らしい。

四人の後ろをついてきた店員に、母は早速予習してきた地元のお酒と、父用のビールを注文し、すかさず「料理の前にお願いね」と続けた。早くも気分が高揚している。そして値段をじっくり確かめることなくメニューの写真の中ですぐに目に付く料理を矢継ぎ早にリストアップし、店員に告げた。刺身の大漁盛り、あじの香味漬け、炙りしめさば、たこの唐揚げ、地魚の唐揚げ等々。〆は後で丼ものか寿司を頼もうと三人の同意を得て、じゃあとりあえずそれでと注文を終えようとしたので、ボクは慌てて「それとコーラ」と声を上げ、「私はウーロン茶を」と姉が続いた。店員はテーブルから少し離れた場所で二人の注文を書き込み、小さくお辞儀をして戻っていった。

母はお酒が届くと、父のビールとお互いのお酌をし合い、早々と自分で二杯目を注ぎ始める。料理が届く前から母が飲むペースは速かった。彼女は一番楽しみにしているモノを目の前にして遠慮はない。そして遅いなと感じる前に注文の料理が並び始めた。大漁盛りは圧巻だった。まぐろ、ぶり、白身の刺身、ウニやサザエなど十種類以上の海の幸が器の中で所狭しと輝きを放ち、自らの新鮮さをアピールする。母は届けられた料理を日本酒片手に一切れづつ口に運んだ。父はあじの香味漬けと炙りしめさばを交互に摘み、母の三分の一くらいのスピードでビールを飲んでいた。ボクとめぐみは全部の料理を少しづつ小皿に取って一つ一つをゆっくり味わおうと箸を進める。苦手な魚介類はないので口に運ぶたびに美味しさが広がった。ますます勢い付く母をよそに歩き疲れた三人は、その間料理を口にする以外は音を立てず、しばらく沈黙が続いてしまった。

「ねえ、何みんな黙ってるの？　もっと盛り上がろうよ、ほらほら」

みんな最後まで静かにしているつもりはなかった。いつもの陽気に拍車が掛かる母の合図を、待っていたかのように父も姉も笑顔に変わった。もちろんボクもそう。

料理に一通り口を付けた後、すぐにボクはちびっこまぐろ丼を、めぐみは握り寿司を注文した。まぐろ丼はオレンジジュース付きだけど、海の幸にコーラやジュースは子供心にも合わないと思った。その頃は姉も母に勧められて日本酒を口にしていた。

少なくなったたこの唐揚げを小皿に取り、日本酒を口にする姉を見ながら母美奈子はこう言った。

「達哉、昨日、今日のめぐみはいつもより楽しそうだっただろ。この子が花好きになったのはあたしのお陰なんだよ」

母曰く、姉は小さい頃から独り遊びが好きで、部屋に籠りがちだった。それを心配して時折散歩に連れ出すと、公園や道の片隅に咲いている草花に強い興味を示したので、植物図鑑を買い与えたそうだ。

「お姉ちゃんもね、たっちゃんみたいにお花に興味を持って、どんどん夢中になっていったのよ」

そう言って左隣から覗かせためぐみの柔らかな微笑みは、お酒のせいで、頬を普段よりも濃い朱鷺色に染め、黒目がちの大きな目は潤んでいた。この状況での涙腺の活動理由がボクにはまだ分からなかった。でもその表情が、まだ性に関する知識を持たない純粋な心を騒がせたのを、今でも鮮明に覚えている。

器に残る料理の量が終盤に差し掛かった頃、握り寿司を頼んでくれと父が言い、それじゃあそろそろラストオーダーにしようかと母が返したので、姉が抹茶のアイスクリームが食べたいと言い、ボクはバニラと便乗した。「あたしはもういいや」と母は注文しなかったけれど、父のウニの軍艦巻きをちゃっかりつまんでいた。

こうして姉のルーツを知る旅は楽しいまま終わり、翌日早く帰途についた。

美人でお淑やかな女性に、美しい花の取り合わせは、見方によっては嫌味に感じるかもしれないけれど、姉の場合はまさに異次元の世界だ。〝絵に描いたよう〟に似合うのだ。

姉めぐみ形成の黎明期に関わったのは、間違いなくボクの大好きな家族の一員、母美奈子なのだが、勃興期の現在へと完成形に導いてくれたうちの一人は残念ながら家族の一員ではない。この人のことを考えると、いつも気が滅入る。ため息が出る。自分の身体のこと以外でそうなるのはこの人だけ。

彼の名前は佐東信也。駅前の商店街にある「フラワーショップ・ミーナ」という花屋のオーナーだ。


れいめい【黎明】あけがた。夜明け。

ぼっこう【勃興】急に勢力を得て盛んになること。「市民階級の―」


佐東の存在に気づいたのは、お花畑旅行の後。〝恋人らしき男性がいる気配〟が〝長い間感じられなかった〟と過去形になったのはこの時からだ。ボクの部屋に、ずっと前からまるでインテリアのように一輪挿しに飾られているきれいな花たちの経緯が急に気になった。

「お姉ちゃん、この花いつもどこで買ってくるの？」

そんなことをしなくても姉はいつでも優しいのに、気を引く要因をもっと増やそうと何気なくした質問が、病弱な身体に頭痛の種を植え付ける結果となった。

姉は中学生になったばかりのある日、母の言い付けでお使いに行った駅前の商店街で、偶然、その開店に遭遇したのだという。

「新しいお花屋さんのオーナーがね、〝とっても優しそうなお兄さん〟って感じだったの」

姉が佐東信也との出会いを楽しそうに話し始めた瞬間、生まれて初めて何か心の中に棘が刺さったような気がした。そしてモヤモヤしてムカムカしてきた。それが嫉妬という感情だと分かったのは少し後のことだ。


しっと【嫉妬】やきもち。㋐他人が自分より恵まれていたり、すぐれていることに対して、うらやみねたむこと。「―を覚える」㋑自分の愛する者の愛情が他に向くのを恨み憎むこと。「―心」


店内の雰囲気と佐東信也を一目で気に入り、それ以来不定期で通い始め、勤め出してからは必ず毎週金曜日の帰りに立ち寄るようになったと姉は打ち明けた。店の雰囲気はともかく、男の人を一目で気に入るというのは、特別な感情を抱いたとしか考えられなかった。ボクは直後にその店へ偵察に行った。

自動ドアが開くと、先客に笑顔で対応している佐東信也らしき姿が目に入った。

「いらっしゃいませ」

ボクに気づいて顔だけを向けて彼は言った。店内に従業員らしき人はいないので佐東信也だと確信した。柔らかで落ち着いたトーンだった。印象は悪くない。それは希望に満ちた夢にまっしぐらという若さの勢いとは違う、確実に歩いてきたことへの自信に裏打ちされた余裕の表れなのだと、帰宅後お風呂の中で自分なりに結論付けた。

顔をすぐに先客に戻すと、再び笑顔を見せていた。店内に入り、何かを探すふりをして佐東信也を観察した。話題が先客の子供のことらしく、長くなりそうなのは好都合だと思った。顔はまあまあ。若く見えるけど、姉よりずっと年上の中年。優しそうで人当たりも良さそうだ。第一印象は残念ながら覆らない。でも会話の端々で一瞬垣間見える戸惑いの表情をボクは見逃さなかった。それは、気が弱くて簡単に他人の言いなりになるお人好しの影。自分と同類のにおいがしたということ。

花を受け取った先客はまだ帰らなかった。話を上手く折れないのも気が弱い証拠。次に店内を観察した。春真っ盛りを感じさせる花の色が多く、花のレイアウトに違和感はない。母の日に向けてのイベントのディスプレイが施されている。花たちはすべてに名前がきちんと表示されていた。ありふれた花瓶ではなく食器や雑貨でアレンジして活けてあるものが多く見られた。簡単な育て方も書いてあるし、買って帰ったらすぐにリビングやキッチンに置けるように、可愛い食器などにセットして売っている花もあった。購買欲を大いに掻き立てられると思った。店内はきれいに掃除されていてくすみもなく清潔感があり、つい最近開店したような明るい雰囲気を醸し出していた。広くはないが姉の言う通り。残念だが〝雰囲気〟もいい。

「何か探してるの?」

こちらもまた姉の言う通り、確かに優しそうなお兄さんの体で佐東信也は近づいてきた。

「姉の誕生日にお小遣いでプレゼントしたいんですけど、シンビジウムはありますか？」

　ボクはわざと季節外れで、しかも高価な花の名前を口にした。辛うじて記憶に残っていた印象的な名前が、とっさに出たにしては佐東信也を試す完璧な言葉だったと心の中で自画自賛した。

「あ、ごめんね、今その花はここには置いてないんだ。それにちょっと高価だから」

　一瞬で戸惑いの表情に変わった。

「何とかならないですか？　姉の大好きな花なんで、どうしても欲しいんですけど」

　彼の戸惑いはさらに深くなった。可能性ゼロなのに、何とかなる術を無理矢理考えているようだった。直後、「今の季節にその花はないですよね」と急に思い出したふりをして謝りながら早足に店を出た。ボクのほうが悪いのに、背中で「ごめんね」という彼の声が聞こえた。

　明らかに姉には相応しくない。姉を誰にも取られまいとするボクの見解は当然否定的だ。

　でも、関係を断ち切らせるための、姉を納得させるだけの理由がどうしても思い浮かばなかった。問題解決の糸口が見つからないまま、悶悶とした毎日を過ごすうちに、逆に今はもう別れさせることができない決定的な理由を知らされてしまう。

　二人は出会いの後、ボクが知らない間にどんどん親しくなり、お互いの家族の話題も出たりして、姉は病弱な弟の存在を打ち明けた。すると〝市販されていないが元気になるいい薬がある〟と、製薬会社の川村由紀夫を紹介され、この薬を薦められた。姉によるとこの人物は、がんの薬の研究開発では今注目されている存在で、しかも天才的な学者だそうだ。さらにこの薬は、彼の研究過程の副産物なのだとも付け加えた。

ふくさんぶつ【副産物】ある産物の生産過程で、それに伴って得られる産物。比ゆ的に、一つの物事に伴って生まれるもの。


　しかし、この十年間、飛躍的に元気になったという実感はまるでない。とはいえ、もしもこの「元気が出る薬」がなかったら、死の危険はもっと容易に訪れていたかもしれない。だから今ではこの薬の力でボクは何とかこの世に生かされているのだと、歯がゆいけれども感謝せざるを得なくなった。

　姉めぐみの男性の好みを解明できない現状では、佐東信也のモノにならないことをただただ祈るだけなのだ。

　そして姉は高校卒業後、川村由紀夫の口添えで彼の勧める「K薬品工業」に就職した。

姉が在籍する部署の主な業務は、担当地域のお医者さんや、薬剤師さんたちとたくさん話をして、医薬品に関する最新情報を提供したり収集したり、薬が正しく使われるようにいろいろ考えたり、病院やその他の医療機関が円滑に連携できるような地域医療の向上のためのお手伝いをすること。姉の仕事はこの業務のサポートをすることから始まった。

「お姉ちゃんは、たっちゃんのお陰でいい会社に入れたのよ」

怪我の功名で、ボクのひ弱な身体が役に立ったと、冗談混じりに姉は微笑んだ。

けが【怪我】①（過失で負った）きず。負傷。②あやまち。過失。また、思いがけないこと。「―の功名（こうみょう）」（災難・失敗だと思ったことが意外なよい結果を生むこと）

でも有名な会社だから、入社資格の条件として学業の成績が優秀じゃないとダメだし、優秀なだけでも簡単には入れないらしい。それはあくまで大卒が最低条件で、姉の高校の成績は常にトップ3だと聞いていたけれど、大学には行ってない。当然学校側は進学を勧めたけれど、姉は働くことを強く希望し、入社を決めた。とはいえ、こんなことは奇跡に近いと父も母も話していた。

姉が言うような〝ボクのお陰〟は実際には何もないと思った。でも姉を入社させた川村由紀夫はきっと社内では大きな権限のあるすごい人なんだとずっと思っていた。

何か他の入社理由があるのではと、疑念を抱くほどの人生経験がまだボクにはなかった。

＊

通学する目的地が変わっただけで、中学一年生の一学期の心と身体の憂うつ度合いは一進一退だった。五月の家族旅行後、学業に向かう意欲が少し湧いてきた。最初は短時間でいいから、毎日の予習復習を励行しようと考えた。ところが意志に身体が付いてこなかった。いきなり連日は厳しいから一日おきとか、基本二日以上は空けないで、体調が良い時は必ずするとか、妥協に妥協を重ねて粘ってはみたけれど長続きはせず、結局目に見えた成果は上げられなかった。熱を出して休んだのは合計十八日。ボクの学校生活はほぼ週休三日だったことになる。みんなより多く休んだ生徒にも同じ日に夏休みがやってくるのには申し訳ない気持ちでいっぱいだった。

ひ弱な身体では得意な季節があるはずもないけれど、夏の暑さは特に苦手だ。日差しの強いこの季節に家族旅行はしない。健康な肉体なら、海に行ったり山に登ったり、自然の中へ涼を求めて活動することもできるのに、今の自分にそれらは実現不可能な選択肢だ。エアコンの効いた自分の部屋はそれなりに快適だけれど、夏休みの間をこれだけで過ごすのは、心の中に生暖かい淀んだ空気を充満させる。

ボクは今青春と呼ばれる時間の中にいる。人それぞれの考え方によって時間の定義は違うと思う。それでも共通して言えるのは、青春とは、若い頃にしかできない楽しい経験やつらい経験、苦しい経験などをして今後の人生の糧にする、一生の中では一分一秒の密度が一番濃い大切な時間だと思う。それなのに何一つできない。何でもできるはずの時間を無駄に生きている罪悪感がボクを憂うつにする。「心が健康にならないのに身体が丈夫になる道理がない」と涼しい部屋の中で毎日毎日繰り返し考え続けた。こういう心境を自己嫌悪と言うらしい。

じこけんお【自己嫌悪】この自分というものがいやになること。自分をうとましく思う気持ち。「―に陥る」

夏休みの宿題は、八月十五日に終わった。
「ここまでやったらプールに行こう」といった生活のリズムにメリハリがまったくないので、宿題の進捗には著しいばらつきが見られた。一度成果を書き込んだノートは二度と開かなかった。

長い休みの後にやってくる始業式はいつも憂うつだ。二学期は特に酷い。

夏休みが終わるとクラスメートみんなが真っ黒に日焼けしている。一人だけ色白が目立つのは、思い切り仲間外れで〝無視される〟いじめを受けている感覚に似ている。

夏に対する見解はどれも否定的で、結局ボクはこの季節そのものが嫌いなようだ。

無理矢理こじつければ、秋は一番好きな季節だと思う。夏の日差しはボクを暴力的に責めるけど、秋の日差し、特に冬に近い秋の太陽は、姉のように柔らかくボクを包んでくれる。心と身体の憂うつ度合いが一番薄れて穏やかになれる。

そんな優しい季節を迎える期待感も少なからず影響したと思う。病弱な身体は、中学生になってから知らない間に大人になるための準備を始めていた。それは二学期になると一気に表面化し、偶然隣に並んで立った時、姉の身長一六二センチメートルにわずかに足らないところまで背が伸びていることに気づいた。声も少し低くなり、喉の中心が少し膨らんできて変声期を迎える兆しもある。その中でも今一番の関心事は、男性器の周りが妙に騒がしいことだ。

それは残暑が少し落ち着いた九月の第二週の水曜日。

ショートパンツに包まれていても丸く弧を描く、体操着姿の女子のお尻に目が釘付けになった。今まで気にも留めなかった女子の胸の膨らみが、他の女子より大きいと察知した瞬間から、セーラー服姿の胸元ばかりを目で追っていた。時々深い谷間に遭遇すると、そのたびに股間が何かを訴え始め、胸の鼓動が大きくなった。

この時からいろいろなものの価値観が、以前とは少しずつ違って見えるようになった気もする。

かちかん【価値観】物事の価値についての、個人（または世代・社会）の（基本的な）考え方。「彼とは―

が違う」

コンビニの雑誌コーナーに陳列されている少年マンガ誌の表紙には、夏が終わってもグラビアアイドルが水着姿で笑っていた。

即座に股間が何かを訴え始める。ボクは迷わず「彼女」の購入を決めた。猥褻な雑誌を手にしたわけでもないのに、購入目的がマンガを読むこと以外にあると考えるだけで、犯罪行為をしているような罪悪感が襲う。レジに並んだ一分ほどの間で胸の鼓動が強くなり、股間のざわつきが収まらなくなった。女性店員に気づかれないように少しだけ腰を引いて膨らみをごまかそうとしたけれど、身に覚えのある男の人には完全にバレていたかもしれない。

家へ戻ると部屋に急いで駆け上がり、勢い良くドアを閉めた。勉強机の椅子に座り背筋を伸ばす。今一度じっくり表紙を眺めた後、ゆっくりページを捲る。彼女は強い日差しの海をバックに両手を腰に当て堂々と立ち尽くしている。

もちろん満面の笑みだ。見事な胸も自己主張している。この段階ですでに股間は大騒ぎを再開。触ってみると、得体の知れない気持ち良さが込み上げてくる。次のページを捲ると、彼女は大きな胸がさらに強調されるよう上半身を前屈みにし、今にも水着が外れそうなポーズでボクを見ていた。下半身は、両腰を紐で縛ってあるだけで、前は小さな面積の布が覆うのみ。後ろ姿で振り向く次のページではお尻が半分露わになっていた。胸の鼓動はますます大きくなり、顔が紅潮しているのも何となく分かった。ズボンのジッパーを下ろし、直接男性器を摑み外に出す。それは小便をする時より太く、固くなって上を向いている。恐る恐る右手で包んで摩擦すると、十数秒前に感じた得体の知れない気持ち良さが、摩擦する回数だけ脳の奥を刺激した。グラビアアイドルを見ながら動作を続けてみた。脳に響くインパクトはさらにレベルを上げていく。何も考えずに摩擦を続けた。理解不能な快感に夢中になり、上下運動が速くなっていく。次第に何かが押し寄せてくる。身体の中から、男性器の奥の方から何かが押し出てくる感覚だ。もっと気持ち良い何かが現れるかもしれない。いや、もしかしたらその逆かもしれない。心の中で期待と不安が秒単位に入れ替わりながら、ボクの意識は一点に集中していた。続けているのは本能的に期待のほうが大きいと感じたからだと思う。

「たっちゃん、ご飯よ」

ドアの外で姉の声がしたとたん、心臓が口から飛び出るくらい大きく跳ね上がった。

「わ、分かった。すぐ行く！」

膨張した男性器を慌ててズボンの中に収納しようとして、ジッパーに皮を挟んだ。強烈な痛みで一瞬うずくまる。痛みが薄らいだ時には男性器は何事もなかったかのように萎んでいた。

結局、よく分からない騒ぎの正体は、分からず仕舞いだった。でもワクワクする感情が込み上げていた。夕食を済ませてお風呂に入った後、再挑戦しようと思った。

普段の生活習慣にはない興奮状態だったせいで、身体がすぐには対応できなかった。浴室を出ると急に疲労感が全身を襲い、やっとの思いで布団に倒れ込むと、すぐに意識がなくなった。

すでに闇が覆っている部屋の中でボクは目を開いた。一度眠りにつくと、真夜中に目覚めることはめったにないので少し驚いた。夕方と昼間の余韻が少なからず残っていたのかもしれない。二つ縦に重なった、円形の蛍光灯の中心にある柑子《こうじ》色の小さな光を何気なく見つめていたら、部屋全体が見渡せるようになった。うつ伏せだったのに、ボクは上を向いていて、布団もきちんと掛けられていた。姉は隣でボクに背を向けて眠っている。薄い布団がはだけて、彼女の身体のシルエットが起伏のはっきりしたきれいな曲線を描いていた。今度はそれを凝視していたら、股間が三度目の騒ぎを起こし、直後男性器が勢い良く膨らみ始めた。胸の鼓動が大きくなっていく。思わずお尻に手を触れた。滑らかに指が動いたのはスベスベの着衣のせいかもしれない。でも柔らかな弾力や体温は生地の上からでもはっきり指先に伝わった。

ボクは男性器を右手で包んでゆっくり摩擦した。得体の知れない気持ち良さが、再び脳を刺激する。グラビアアイドルを見ていた時と同様の気持ち良さだった。上下運動が速くなっていく。すると何かが押し寄せてくる。身体の中から、男性器の奥のほうから何かが押し出てくる……。夕方と同じ感覚だ。同様に心の中で期待と不安が秒単位で入れ替わる。今度こそその正体を見届けようと思い、意識を深く一点に集中した。

「うっ……」

頂点に達した時、何かが弾けた。そのとたん、液体が断続的に、尿道を勢い良く通過する。溜っては吐き出し、溜っては吐き出し、というように、まるで詰まりかけたホースから無理矢理水を押し出すような感覚だった。止めようと思っても、どんどん、どんどん、溢れてくる。

小学校に上がる前、おねしょの経験は何度かあった。一緒に寝ていた姉の下着も汚し、恥ずかしい思いをした。でもそれとはまったく違う。正体不明の液体がボクの下着を汚し、冷たい感触が肌に伝わった。

「どうしたの?」

姉はいつでもボクの行動に敏感だった。

「な、何でもないよ……」

そう答えたけど、股間が波打つ異常事態はまだ収束していない。気づかれないよう、お腹を抱えて姉に背を向けた。

「お腹が痛いの？」

「ち、違うよ……」

二度目も否定したけど、すぐに大きな不安が波のように押し寄せ、ボクは叫んだ。

「お姉ちゃん！　何かが出てきたよ……」

「どこから？」

ボクは黙って自分の股間を見た。

「おねしょじゃないの？」

「う、うん……」

姉はボクの布団をはぎ取り、忙しくパジャマのズボンを下ろした。二人で覗き込むトランクスには大きな染みが浮かんでいた。ボクは驚愕した。でも小便の、鼻につく苦いようなアンモニア臭ではなかった。

「そっか……たっちゃん、出たんだ……」

五秒後の姉は、不安感をかき消すように、いつもの柔らかな微笑みを浮かべていた。

その一瞬、不意を突かれた。

「あっ……」

姉の両手が素早くトランクスを下ろす。

顔が燃えたかと思うくらい恥ずかしかった。

小学五年生までは、姉に性器を見られてもまったく平気だった。今でも入浴は一緒だけれど陰毛が生え始めてからは無意識に前を隠すようになっていた。久しぶりに姉の目の前に晒す男性器は、今までに経験したことのない状態でうろたえていた。中途半端に膨らんだままの彼の先端から溢れた液体が、トランクスの表面に貼り付いている同じ液体と繋がって細い糸のような橋を作っている。においを嗅いだ瞬間はピーナッツのようだと思った。でも次第にあまり良いにおいには感じなくなった。

「お姉ちゃん、これ、何?」

声が小刻みに震えていた。

「大丈夫、病気じゃないの。これは精液っていうの。精子っていう赤ちゃんの素が入っている液なの。知ってる?」

「う、うん」

本当はよく分からなかった。

「女の子に初潮っていうのがあるでしょ? 生理のことね。あれと同じように、これは男の子の成長期に起こる現象なの。たっちゃんの身体が少し大人になった証拠ね」

姉の説明を聞きながら、彼の先端にこびりついた液体をティッシュペーパーで丁寧に拭き取る細い指をただ呆然と見つめていた。そして汚れたトランクスを脱ぐように促され、立ち上がる。何も考えられないまま言われた通りに行動し、下半身丸裸で立ち尽くすボクの手から、姉は汚れたトランクスを奪い取る。

「あっ！」

我に返り、思わず叫んだ。

「お姉ちゃんが、内緒で洗っておいてあげるから」

姉はまた柔らかな笑顔をくれる。

タンスの中から新しい下着を取り出し、醜態をすべてさらけ出したにもかかわらず、姉に背を向け、両脚を通した。パジャマのズボンを素早くはき寝床に飛び込んでそのまま布団を被る。すぐに姉が蛍光灯の明かりを消す音がしてボクはそっと顔を上げる。

柑子色の小さな光がなぜだかとても眩しく感じた。

胸の鼓動がずっとおさまらない。

外が明るくなるまで眠れなかった。


次の日、熱を出して学校を休んだ。

初めて精液を出したからって欠席する奴はきっとボクだけだと落ち込んだ。

姉はボクの体調が悪くなると必ず欠勤する。そんな理由でたびたび休めば解雇されてもおかしくないはず。でも「たっちゃんは心配しなくていいの」といつでも微笑むだけ。

昨夜の現象を〝少し大人になった証拠〟と姉は言ったけれど、理解不能だった。大人になることは、心も身体も強くなっていくことだと考えているから、体内で子供を作るための液を製造するようになっても、吹けば倒れてしまうような人間では、まったく意味がない。

放課後、友達二人が学校からのお知らせプリントを持って、家にやってきた。

二人とは小学一年生からの幼馴染みだ。

小学校に入学した頃からずっと休みがちだったボクは、二人がいなかったら典型的ないじめられっ子になっていたと断言できる。この前テレビのクイズ番組で出題されていた、使い方を間違えやすい言葉で言うと、彼らは〝気の置けない〟数少ない親友だ。

気の置（お）けない　相手に気づまりや遠慮を感じさせないさまをいう。（『故事俗信ことわざ大辞典』小学館より）

姉は二人をボクの部屋に通した後、氷入りの乳酸菌飲料を運んでくれた。

「ごゆっくり、でもたっちゃんをあまり興奮させないでね。明日もお休みになったら困っちゃうでしょ？」

そう言いながら、柔らかな微笑みもサービスしてドアを閉めた。

「本当に達哉のねえちゃんきれいだよなあ。あんなねえちゃんとずっと一緒に暮らしてて、お前、おかしくならないのか？」

宮脇大輔は身体が大きく、ボクと比べ物にならないくらい力持ちだ。だから身体の中にエネルギーが溢れ返っているのかもしれない。異性にも人一倍興味がある。どこかで拾ってきた女の人の全裸写真が載っている雑誌（もしかしたら買っているのかも）をよく学校に持ってきて、クラスの男子数人と密かに楽しんでいる。かといって怪しい誘いには惑わされず、中学校入学直後から柔道部に入部して健全な汗を流している。

「おかしくなるって？」

「ちんちんがおったってきちゃうとかさ」

「お姉ちゃんに、そんなふうになるわけないじゃないか！」

ボクはきっぱり否定した。でもちょっと嘘をついている。昨日までなら〝おったっちゃう〟の意味も分からなかった。

「俺だったら、絶対毎日ねえちゃんオカズにして抜くけどなあ」

「〝抜く〟ってどういう意味？」

「えっ、達哉知らないんだ。まあ、身体が弱いからしょうがないか。つまりオナニーだよ。自分の手でちんちん擦って射精することだよ」

宮脇の言葉に胸の鼓動は大きくひと鳴りした。彼が熱を出した原因を分かりやすく説明してくれたお陰で、また顔が燃えた。

「そ、そんなこと、なおさら思わないよ！　大輔は他人だからそう思うんだよ」

本当の気持ちを必死に抑え、さらに嘘を重ねた。

「そうだよ、いくらきれいでも、実のお姉さんに対してそんな感情は起こり得ない」

松井純一はメガネの縁を触りながら、宮脇に反論した。彼は外見は至ってクールな秀才だけど、心は意外にいつでも熱い。その証拠に彼は小学校の時から七年間、ずっと熱血学級委員をしている。

小学五年生の時、生涯唯一のいじめ事件があった。ボクの上履きや机の中の筆箱、下敷きが何度か隠されるという陰湿なものだった。彼はその行為にとても腹を立て、執念で捜し出した犯人を、ホームルームの席上クラスメート全員の前で強く非難し、二度とやらないと約束させ、さらにはいじめをなくすためのクラスの法律まで作ってしまった。でも、そんな彼の最大の弱点は女の子がすごく苦手なこと。話すとすぐ顔が赤くなってしまうのだ。その証拠に、姉が部屋にいる間、茹でダコのような顔色をしてずっと下を向いていた。それでもオナニーは知っているみたいだ。

「バカだな、お前。近親相姦って言葉を知らないのか？」

宮脇は応戦した。

「知ってるよ。血の繋がった者同士が肉体関係を持つことだろ。そんなのはほとんどが小説や映画なんかのストーリーで、めったにあり得ないことさ」

松井はまたメガネの縁を触りながらクールに言い放つ。

「松井のシッタカはいつもつまんねえな。お前みたいな奴はきっといつまでも童貞だぜ」


どうてい【童貞】①まだ異性に接していないこと。そういう人。▽主に男について言う。②カトリックの尼。「―さん」


何の根拠もない負け惜しみに、「そんなの分からないだろ！」と力のない口調で松井がキレると、五秒ぐらいの沈黙の後、三人は大笑いした。

二人が帰ってすぐ、宮脇が口にした言葉の意味を調べた。


そうかん【相姦】肉体関係を持つことが世間一般で禁じられている男女、特に血のつながりのある者が通じ合うこと。「近親―」

確かにめぐみみたいな姉がいたら、松井の力説はどんな立派な人間の前でも無力だと思った。ボクは布団に潜り込み、あの感触を思い起こすため右手を男性器に運んだ。

しゃせい【射精】精液を出すこと。
オナニー　自慰行為。▽ドイツ Onanie
じい【自慰】①みずから慰めること。②→しゅいん（手淫）
しゅいん【手淫】手などを使ってひとりで性的快楽を得ること。

親友二人との会話で、ボクの衝動が自慰行為だということが判明した（オナニーという言葉の響きが好きになれないので、以後こう記す）。
この事件をきっかけに、ボクの頭の片隅に隠れていた、性に関する知識を吸収する部屋の扉が突然大きく開かれた。それまでの自分はどうしたら健康になるかばかりを考えていた。だから、宮脇大輔がオウムのように繰り返す〝イヤラシイ〟や〝エッチ〟とされる言葉（セックス、オナニー、「巨乳を思いっきり揉みてえ！」それに「この女ケツでけえ！　思いっきりバック（後背位）でヤリてえ！」とか）には全然興味が湧かなかった。ボクには宮脇のように二十四時間異性（というより全裸の女体）のことしか考えられない興奮した気持ちになる日は絶対に来ない、〝気持ちよくなる〟なんてことは想像もできない、と扉を閉ざしていた。でも、大人になるための身体の変化は病弱な者にも健常者と変わらず平等に訪れ、自慰行為の歴史は始まった。始まってしまったら、もう流れは止められない。最初はどこかの公園にある小便小僧が出す、糸のような細い性への興味が、一気にアフリカ大陸を横断するナイル川のような大河になった。そしてボクの男性器は劇的な変化を遂げた。単なる排泄物（尿）の通り道ではなくなり、顔の表情以外でボクの心の内をストレートに表現できるアイテムの一つに成長したのだ。

だからボクは今後この器官を〝分身〟と呼ぶことにする。

筒状にした右手の平で、亀頭の部分を特に強く圧迫して上下に擦ると、すごく気持ちイイ。分身全体を覆っていた分厚い皮は、何度も伸び縮みを繰り返しているうちに、弾力性を増して剝けやすくなり、亀頭が簡単に顔を出すようになった。全貌を現した少し茸の笠のように張り出した蜂蜜色の先端は、直接触れるとさらに強い刺激を素早く脳に伝えた。何度ヤッても射精の瞬間は全身に電流が走り、力が抜けるような感覚に襲われる。ボクは病み付きになった。

ひと仕事（自慰行為）終えた後のある日の入浴。上気した顔で、温かな水滴と湯気を伴って浴室を出たボクの目に、鏡に映る自身の全裸が飛び込んでくる。その下半身に、鏡から飛び出さんばかりに浮かび上がる分身が、今までよりも強く自己主張していた。巾着のように先端を縛られていた状態から解放された彼は、かつて見たモノよりも二倍くらい大きく見えた。鉛筆のように細くて、ほとんど白に近い鳥の子色の全身は、円で表現した頭の下に手足と胴体を細い棒でくっ付けただけの最も簡素化した人間の絵のような全体像を見せているのに、下半身の中心にぶら下がっている彼だけが妙にリアルに描かれているようで、すごく不均衡で不気味だった。不気味なのに、凝視していたボクはなぜか興奮していった。起き上がり始めた分身を握り姉の全裸を想像しながら、ボクは射精まで一気に上り詰めた。

＊

「君たちの本分はあくまでも勉強です」

ほんぶん【本分】その人として本来尽くすべき責務。「学生の―」

そう言って校長先生は、ボクが大好きな映画「スター・ウォーズ」のアナキン・スカイウォーカー（後のダース・ベイダー）が誘惑に負けて堕ちていったダークサイドへと進まないよう、同じ言葉を朝礼のたびに繰り返していた。

（そんな上辺の忠告は、ライトセーバーみたいな武器を使って過激な指導（＝威圧）

をしない限り、従う生徒なんて一人もいない。逆に好奇心が旺盛なボクたちの世代に、その言葉はかえって火に油を注ぐんじゃないか）

自慰行為が悪の道かは賛否両論あるかもしれないけれど、校長先生の説得力のない教えによって、ボクは火に油を注がれた一人を勝手に自負し、生活の中心が本分から離れていくことを心の中で正当化した。

小学生の時から勉強するのは嫌いじゃなかったから、机に向かっている時間は長いほうだったと思う。その頃は姉がそばにいても気にならなかった。中学校に入学してからは、逆に姉が気を遣って、勉強している間は自分の部屋に移るようになった。一時間以上続く時に、彼女が飲み物やおやつを運んでくれることになり、結果、〝勉強〟と偽った格好の自慰行為タイムが誕生した。もちろんしっかり勉強した後にやる場合もあるけれど、丸々それに費やす場合もある。行為自体の満足度も、姉の姿を想像するのと、以前に買った少年マンガ誌のグラビアアイドルで十分だった。ところが性に対する好奇心は、次第に現状維持を許さなくなる。足は自然にコンビニに向き、いつしか分身が反応した写真をオカズとして貪り買うようになっていた。そうなると部屋での自慰行為タイムはおのずと急増し、大問題が発生した。事態は急変を余儀なくされ、その結果自慰行為はやむなくトイレでのみ遂行されることになってしまった。

ちなみにトイレは、誰にも気兼ねすることなく、自慰行為には最も適した空間だと言える。それに加えて、誰にも知られることなく証拠を隠滅できるという利点もある。

いんめつ【埋滅・湮滅・隠滅】隠すなど処置して分からなくしてしまうこと。「証拠を―する」。何かの処置で跡形なく消え去ること。「古文書が蔵から―していた」

図らずもこの〝苦渋の決断〟を強いられたのには大きな理由がある。自慰行為の後始末に、最初は無神経だった。数枚のティッシュペーパーに包まれた性的快楽の残骸を、部屋のゴミ箱の中に無造作に捨てていた。

ところがある日のこと。

「たっちゃん、風邪引いてるの？」

ゴミ箱を覗き込んだ姉が駆け寄り、心配そうな表情でボクのおでこに手を当てた時は狼狽した。誰かに胸を叩かれたようにいきなり鼓動が激しくなった。

「う、うん。鼻水が出てたんだけど、もう大丈夫」

顔を伏せて必死に嘘をついた。

「ゴミ捨てておいてあげるね」

姉の優しさも、この時ばかりは心拍数上昇に追い打ちをかけた。

「い、いいよ、自分で捨てるから！」

強引にゴミ箱を奪還したボクの態度に姉は少しも驚かず、「そう」と言って微笑んでくれた。

姉が部屋を出た後、改めて覗き込むゴミ箱は強烈な異臭を鼻に突き刺し、一瞬安堵した心に突然の危機感をもたらす。精液は固まると何かと化学反応を起こしたようで、発射直後とはまったく違うものに変化していた。それが束になって放置されている中身を、何気なくでも嗅がれていたら、ただ事ではない事態だとすぐに気づいただろう。だからこのゴミ箱事件以降はトイレでの自慰行為を徹底し、多く巻き取って重ねたトイレットペーパーの上に吐き出した後、精液が粘度を保っているうちに包んで便器に流すことにした。

さらに安定した自慰行為推進のため、ボクにとっては残念な方向に改革が断行された生活習慣もある。

それは単独での入浴だ。亀頭が姿を現さないほど皮があり余っていた何も知らない子供の頃は、姉のきれいな身体を純粋な気持ちで眺めていたいから、一緒に入浴していた。しかし自慰行為に目覚めた今、肉眼で姉の全裸を見てしまったら、分身がもう黙ってはいない。必ず勃起して、吐き出すまで終わらないだろう。どんなに大好きな姉でもその瞬間は恥ずかしくて見せられない。苦渋の選択だった（下らないことだと笑わないでほしい）。

くじゅう【苦渋】事がはかどらず、苦しみ悩むこと。「─に満ちた表情」▽もと、にがくて、しぶいこと。

全部姉任せだから、両親と入浴した記憶は（銭湯ですら）まったくない。だから〝今日からひとりで入る〟と宣言した夜、父と母は自立心が出てきたなと感心するくらいで、後は何もなかった。でも姉の表情は曇っていた。ボクに子を持つ親の気持ちはよく分からないけど、いつもそばにいた姉は、小さい頃から当たり前のように自分と一緒に過ごしたひとときが突然なくなる、という事態に寂しいという気持ちを多く含んだ親の〝複雑な心境〟に近い思いを抱いたのかもしれない。その上姉は両親が気づいていない、ボクの肉体の変調を知っているから、なおさらその思いを具体的に実感したんだと思う。

こうして日々ダークサイドへの移行が続いたのだが、気がつくと、単独行動が一日のうちの長い時間を占めるようになった。本当はいつも一緒にいたいのに、姉を意識的に遠ざけていると誤解されかねない状況は、とにかく大問題だった。三日間悩んだ末、今まで姉より先に寝ている習慣を変えることにした。一緒にテレビを観ることでも、お喋りすることでもいいから、なるべく姉が寝る時刻まで夜更かしして、就寝まで姉と行動を共にしようと考えた。

初めて射精してから一か月後、ようやく自慰行為を平常心でやれる態勢が整った。

＊

ボクには熱中するものがなかった。言葉に対する興味は長く続いているけれど、今では呼吸するのと同じくらい、必要だけど普通のこと。だから心が躍るような行為じゃない。それ以外のことは病弱な身体を理由に、何に対しても長く続けようという意欲に欠けていた。

以前も話したように、スポーツには特にその傾向が強かった。誰でもある目標を決めた時、ボクのように志半ばで投げ出すことを前提に始める人間なんていない。自慰行為はある意味ボクの意識を一八〇度変えた。行為自体のやりすぎは精神面でも不健康になりかねないことだけれど、どうしたら健康的にやれるかを考えるようになり、そのためにはまず体力だと思い立った。父の教えがようやく分かりかけてきた。体調によって量が安定しなかった食事も、朝はトーストと牛乳をコップ一杯、昼の給食も残さず食べ、夕食は最低一膳のご飯をノルマに、常にそれ以上を心掛けた。その結果、わずかだけれど身体が丈夫になったような気がしていた。

午後十一時過ぎ、数学の宿題を済ませた後で起こった小さな達成感がボクを自慰行為へと誘った。

姉が部屋で寝る準備を始めたので、射精の欲求を抑えられなかったボクは、グラビアアイドルの切り抜きを手にトイレへ駆け込み、一分くらいで事を済ませてその残骸を水に流した。気持ちが落ち着くと今度は喉の渇きを覚え、冷蔵庫を目指して階段を降りた。すると程なくリビングから母美奈子の声が聞こえ、ボクは階段の真ん中辺りで足を止める。彼女は父に話し掛けているらしい。父は夕食後必ず書斎に籠るので、それ以降の両親の会話はほとんど聞いたことがない。ボクは音を立てないように注意を払い、再びゆっくり歩を進める。無意識に耳を傾けていたのは言うまでもない。

「ねえ、今夜あたり抱いてくれないかなあ？　もうずいぶんご無沙汰よお」

母の声に湿気を含んだような粘りがあった。時折テレビからの音がする。ＢＧＭのない硬い口調は公共放送のドキュメンタリーだとすぐに分かった。

「そんなことないだろ」

母の言葉に十秒くらい空白があって父が答えた。

「だってもうふた月よお」

「そんなになるかな？」

父の意識はテレビ番組に向かっていたようで、言葉はいつにも増してぶっきらぼうだった。

「小娘ばかり可愛がってると、あたしの夜遊びもっと増えちゃうわよお」

湿気を含んだような粘りは続いていた。服が擦れる音もする。父に自らの身体を密着させ、纏わりついている気配も伺えた。それにしても夜遊びとは、カラオケや町内会の行事以外のことだろうか？

「小娘って誰のことだ？」

「書斎の机にしまってある、あなたの教え子たちのことよ！」

一転、母の口調に棘が出てきた。

「教え子たちをそんなふうに見るな」

父の教え子が一体どんなふうに何に見えるのだろうか？

「そう見てるのはあなたのほうじゃない。ウチにいる教え子もしょっちゅう可愛がってるんでしょ？　あたしにだってもっとちょうだいよ」

「何バカなことを言ってるんだ！」

母の言葉の意味がまったく理解できなかった。

強い語気で父が反論した後、小鳥が小さく鳴くような音がした。

「バカ、やめろ！　今テレビを観ているんだ」

母がどこかにキスしたようだ。

「こんな訳の分からない番組なんてどうでもいいじゃない。上の二人ももう寝てるし、あたしが動くからさあ」

何かがどこかをガサガサ這う音がして、母の息遣いが荒くなった。一体何だろう？

（！）

ボクは直感した。それは自慰行為を始めた奴なら誰でも早く辿り着きたいと願う最初のゴール。性行為、つまりセックスだ。母が自分の欲求を強硬に主張して行動を起こしたのだ。その後父の声は聞こえず、テレビから流れるナレーションの声と、母が執拗に続ける小鳥のさえずりだけが聞こえる。リビングのソファが、今まで聞いたことがない激しさで歪んだ音を立て始めた。

「俺さあ、親父とお袋がセックスしてるとこ見ちゃったんだ。いい歳してすげえ恥ずかしいよな」

宮脇大輔のエロ仲間が漏らした言葉を思い出した。その場面を想像する時、美男美女が登場してしまうのは自分だけではないと思う。映画やＴＶドラマのラブシーンが大きく影響しているからそれは仕方がない。でも人間がするセックスは、今のボクのように若くてきれいな身体（＝姉やグラビアアイドルたち）だけに性欲が起こるのではない。歳を重ねて脂肪が増え、たるんだ醜い体型になったとしても、永年一緒に暮らしてきた夫婦の間には、特別な何か（形あるものか、あるいは精神的なものかは分からない）があってお互いを求め合うのだと思う。確かに成長した子供にセックスを見られてしまうのは気まずいし、恥ずかしいけれど、変わらない愛情が存在しているのなら、〝いい歳した〟親の行為自体はまったく問題ないと思う。

とはいえ、リビングで始めようとする二人にはもちろん衝撃を受けた。でも次第に胸を撫でおろす感情が沸き起こった。それはいつも願っていた通り、今でもお互いを愛していることが確認できたからだと思う。最初は拒否していた父も結局は受け入れた。ボクの前では口数の少ない二人でも心の深い絆を表してくれたことで、ボクたち家族が本当にアットホーム・ファミリーなんだと証明された気がして、すごく嬉しくなった。

二人の一戦を覗き見することなくボクはリビングを離れた。予定外に沸き起こった安心感と両親が持つお互いへの愛情に刺激を受けて再び分身が騒ぎ始めたけれど、予定外の行動での予定外の寝不足は翌日の授業に響くので二度目の衝動は何とか押さえ込んだ。部屋に戻るとすでに姉は布団に横たわっていた。ボクの姿を確かめると、何も言わずに柔らかな微笑みを残してゆっくり目を閉じる。心の平静を取り戻した直後、激しい眠気に襲われた。そして布団に潜り込んだ頃には、さっき聞いた理解できない会話の一部などすっかり忘れていた。

＊

中間テストが迫ってきていた。

校長先生の鼻につく言葉を不貞腐れた態度で聞いてはいても、それに真正面から盾突く勇気も知識も反発心も自分にはない。それに自慰行為のやりすぎが原因で極端に成績が下がってしまったら、何も知らない両親も心配するし、今後気分的にも堂々と（隠れて）活動できなくなる。

とりあえずはそれなりにテスト勉強に専念するしかない。そう自分に言い聞かせていったん気持ちを切り替え、しばらく学生の本分に励むことにした。テスト前二週間は、夕食と入浴タイムの合計一時間を除いた、夕方の四時から夜十時までは勉学に勤しみ、自慰行為はやりたくなっても最小限（一回）に抑え、早めの就寝を心掛けた。

この計画が意外な効果を発揮。緊張した身体を時々射精でリラックスさせると、より一層勉強に集中できた。お陰で十月の第二月曜日から始まった中間テストの三日間は、無理することなく乗り切れた。勉強は好きでもそれほど秀才じゃないから、クラスで何番目とかはあまり気にしていない。それでも一学期の期末テストより上位にランクインできるような手応えはあった。

テスト最終日の午後、学校から帰ると、二時間ほど昼寝をしてから、雲一つない秋晴れの空のような気持ちで自慰行為に熱中した（もちろん手にしたのはたくさん巻き取ったトイレットペーパーで、証拠はきちんとトイレに流した）。夕食の後も。ちょっと復習したいからと言って部屋に籠ってオカズを開いたけど、急に気合いが入らなくなった。無理はしなかったものの勉強疲れが突然表面化し、結局九時に寝てしまった。

勉強している夢を見ている自分に、夢の中で気づいた。頭の中は試験モードの緊張をまだ断ち切れないでいたらしい。心身共に休息へとリセットさせるため、意識的に目を開け、布団をはいで飛び起きた。

異変に敏感な姉が、次の瞬間必ず声を掛けてくれるはずなのに、まったく反応がなかった。その理由は柑子色の小さな光に目が慣れるとすぐに分かった。隣の布団に姉がいない。時計の針は二本が重なって真っすぐ天井を指している。姉の部屋を覗いても真っ暗だった。二階のトイレのドアの丸い小さな明り取りも、中からの灯りは漏らしていなかった。廊下の照明も点けず、暗闇の中、十秒間立ち尽くした。姉はボクが寝ている間に秘密の行動をしている。そう思うと次第に不安になってきた。

何か嫌な予感がする。

その直後、一階で何か物音がして、胸の鼓動が大きく鳴った。唾を一度ごくんと飲み込んで、ボクは意を決した。消えた姉の手掛かりを求めて、音のする方へと忍び足で向かう。

父の書斎の前で、暗い廊下に細長い光が校庭にひいた白線のように浮かび上がっていた。普段はきちんと閉じられているドアが少し開いているせいで照明の光が漏れている。こんなに遅くまで教育のことを考えて勉強しているのだから、気づかれて邪魔しないようにと思いながらも、めったに見ることのない書斎の中の父に強い興味を抱き、足が勝手に一筋の光に導かれた。

部屋の中からの聞き慣れない物音に自然と耳をそばだてる。ドアの正面にある黒くて大きな革のソファがキュッキュッと何かと擦れ合っている音のようだ。一定のリズムを刻んでいる。時折強弱のある父の息遣いがそのリズムにアクセントを付けているように聞こえた。何か運動をしているのかと思った。

「めぐみはいつまで経っても素晴らしいな」

父がそう呟くまで気づかなかった。姉は書斎にいる。そういえば、革が擦れる音に混ざって小動物の鳴き声のような音がしていた。

（！）

父が姉とセックスをしている。二度目の直感は一度目よりゼロコンマ五秒早かったと思う。光に群がる蚊のようにボクの目はドアの隙間に吸い込まれた。必死に事実を確かめようとしていた。それはリビングでの父と母の場合とは違う感情が込み上げてきたからだ。

白と緑の縦縞が入ったパジャマ姿の父はドアを背にしていた。視線を下げると、下半身を剥き出しにしてソファに向かって腰を激しく突き出していた。父の両手は少し肩幅より開いていて何かを押さえ付けている。それは姉の白くて長い脚だとすぐに分かった。姉の下半身も剝き出しのようだった。飾り気のない薄卵色のショーツが床に無造作に落ちていた。父の身体が沈むたびに、姉の両脚が大きく開く。父の腕と身体の隙間から覗く、童顔だけどきれいな姉の顔は、眉間に皺が寄り苦痛に歪んでいた。次の瞬間ボクは顔を背け、その場を急いで立ち去った。音を立てずに廊下を歩き慌てていたけどゆっくり部屋のドアを閉めた。

行動は冷静を装っても頭の中は混乱していた。どうして姉は父とあんなことをしていたんだろう？「いつまでたっても……」って、ずっと前からしていたのだろうか？姉は苦しそうにしていたから、無理矢理されているのだろうか？　ということは、父は今姉を犯している。姉は父に犯されている。父はボクが大好きな姉を犯している。

でもどうして、どうして……。

胸の鼓動が激しくなった。そして苦しくなってきた。ボクは激しく咳き込んだ。咳はなかなか止まらなかった。さっき見た二人の姿が頭の中で何度も何度もリピートされた。布団を頭まで被り、背中を丸めて咳き込んだ。眠たいわけじゃないのに、次第に意識が遠のいていく。

「……たっちゃん……どうしたの？　……大丈夫？」

近くにいるはずなのに、姉の声が川の向こう岸から聞こえてくるようだった。何度も耳に届く声は次第に近づき、姉の心配そうな表情が霞の中から現れた。今までは姉の柔らかな笑顔が見たくて、いつでも無理をして応えていた。でもこの時初めてダメだと思った。見開いた視界すべてを覆う姉の鮮やかで端正な顔立ちは逆に弱り果てたボクの心には強すぎる光を浴びせ、症状をさらに酷くした。姉のせいではない。ボクが悪いのだ。必死に手を伸ばした。状況は深刻なのに〝どうして？〟と訴えていた。助けを求めていると勘違いした姉は、それを理解できずに手を引いてボクを抱き締めた。彼女の柔らかくて大きな胸が貧弱な肋骨辺りを優しく包み込んでいく。

姉の体温を感じ、姉の匂いを感じた。

姉の胸の鼓動が鮮明に聴こえた。咳が遠のき、胸の鼓動が速度を落とす。一分前の怒りを含んだ感情もその時には消えていた。

「もう……。お姉ちゃんビックリしちゃったじゃない」

再び姉の顔に目の焦点が合うと、今度は苦しさが一気に和らいだ。

「何かあったの？」

そう言って微笑む姉の目が次に瞬く間、ボクは姉を布団に押さえ付けていた。姉の言葉が父との映像をフラッシュバックさせてしまった。

「ボクはお姉ちゃんが好きだ」

今まで一度も打ち明けたことがなかった強い思いが、このタイミングで口を離れた。本当の本当がボクを動かした。

「何をするの？」

何をするかはきっと分かっている。

「ボクはお姉ちゃんを」

がむしゃらな行動は、強引にある結末を求めるしかない。

「ダメよ、たっちゃん。私たちは姉弟《きょうだい》なのよ。それだけはダメ……」

姉の言う通り、ボクたちにはきょうだいという血の繋がりがある。二人の肉体が重なり合いボクが出す液体を姉の身体に与えようとする行為は〝近親相姦〟といって世間一般ではいけないことだ。いけないことだけど宮脇大輔の意見は正しかった。姉の身体をオカズにする時は、必ず姉とセックスする自分を想像して自慰行為をしていた。本当はずっとセックスしたいと思っていた。いつも一番そばにいて姉も自分のことが大好きなのに、セックスができないのは二人がきょうだいだからだと、ずっと自分に言い聞かせていた。


せけん【世間】①世の中。社会。「―が許さない」「―（＝世の人人）がうるさい」②自分の活動・交際の範囲。「―が広い」③〔仏〕いっさいの人や動物が生活する境界。

長い間育んできた血の繋がり以上の姉への好意、愛情は、肉体への欲望へと形を変え、ボクはすべての暴挙を正当化した。

ぼうきょ【暴挙】①無謀な企て、乱暴な行い。「―に出る」②暴動。

(ボクの家族は世間一般から少しずれている。いや、とても大きくずれている。父が娘を犯すことは「社会で広く認められ成り立っていること」ではないと思う。だからボクたちは世間一般には属さない。世間一般ではないからそれに縛られる必要はない。ボクの一番の望みは姉と肉体が繋がること。大好きな姉にボクの精液を与えたい。だから世間一般ではいけないことをもう我慢しない。ボクはやりたいことをする)

ボクの心の中にある自制心の器が粉々に壊れて、もう元には戻れない。

両手の平を重ね合わせ、柔道の寝技を掛けられた相手のように、必死にもがく姉の身体の上に覆い被さり下半身を股間に割り込ませた。右手を離し、胸を強く握ると、何かを思い出したように呟き、一瞬動きが止まる。欲望すべてを容認し飲み込んでしまうほどの弾力と反発力が指先に伝わる。直接味わったことのない膨らみの感触は新鮮だった。

そんなマシュマロのような肉体を持つ姉から笑顔は消え、父の下で苦痛に歪む表情と重なった。次に右手の指先は内股を這い回ったが、ショーツは見当たらなかった。二階の異変に気づいて着けずに駆け付けたのか、父に犯された後はいつも着けないのかは分からないけれど、生まれて初めて核心に向かう手が、異常な緊張で激しく震えていたので逆に手間が省けてしまった。

姉の入り口周辺は、小さな丘のように少し盛り上がっている。不思議なことに陰毛がまったく絡み付かない。姉のその辺りを凝視した記憶はなく、意外だった。もちろん女性器の形も知らないのでしばらく彷徨うことを想定したが、すぐに縦に割れる溝を発見した。人差し指でなぞると柔らかな肉片が左右に分かれ、爪全体が簡単に埋まった。生温かく、湿った感じがする。

パジャマのズボンとトランクスを忙しくはいだ。途中、トランクスのゴムが引っ掛かり苛立つ間は姉への注意が散漫になった。力が弛んだその隙にひ弱な弟の力なら逃げられたはずなのに、姉は次の動きを待っていた。部屋に漂う熱く淀んだ空気を感じた時、分身はすでに自慰行為を超えた膨張を見せ、宍色《ししいろ》に興奮していた。鉛筆のような身体に浮かぶ亀頭の形はやはり不気味だ。格好を付ける余裕なんてない。ただ姉の中に入りたくて、必死に入り口に照準を合わせた。

十秒後、亀頭がわずかに沈む感覚があったのでその方向に腰を押し出した。すると障害は一切なくなり、教室の床を磨くワックスの上を滑るように、分身は姉の中へ容易に沈んだ。〝彼〟は姉の中がとても温かいと感じた。平熱の体温はほぼ同じだから、そう考えると実際は火傷するほど熱かったのかもしれない。それから後はよく覚えていない。がむしゃらに腰を動かした。リズムもへったくれもない。上下動する方向も一定しない。燃費の悪い自動車のように激しく動き回ったわりには分身に意思が上手く伝わらず、自慰行為の〝気持ちいい〟には程遠い感覚が続いた。やがて全身が疲労と倦怠感に襲われた時、優しく包む姉の内壁が射精の痙攣を促した。

襲ってから三分間くらいの出来事だったと思う。初体験は、何の抑揚もなく、ただだらりと力なく漏れ、呆気なく終わった。心の中に虚無感が広がった。達成感などない。姉を暴力的に辱めた後悔もやってくる。疲労と倦怠感は時間が経つにつれて全身の奥深くに浸食していく。

初めに見せた小さな抵抗以外、姉は黙って犯されていた。そして萎んだ結末になっても繋がったまま何も言わずにボクを抱き締めた。柔らかな胸の中が何もなかったかのように穏やかな眠りを誘った。

目を覚ますと、部屋の中も外も静まり返っていた。新聞配達のバイクの音もその余韻さえも聴こえない。まだ夜明けまでは遠いと感じた。姉はボクと同じ布団の中で眠っている。自分の下半身を両手で探ると、ちゃんとトランクスとパジャマのズボンをはいていた。姉はいつでもボクが夢中になって散らかした遊び道具の片付けをしてくれる。布団の上から右腕でボクの身体を優しく包み込み、小さな寝息を立てている寝顔は、年下の少女のようにとてもあどけなく見えた。

じっと見つめていると、キスしたくなった。顔をそっと近づけると、接触寸前で姉は目を開ける。驚いて胸の鼓動が大きくひと鳴りしたけれど、姉は、顔面アップに身じろぎもせず小さく微笑み、そっと唇を重ねた。姉の右腕は布団の上からボクの身体を強く引き寄せ目を閉じた。

ボクもゆっくり目を閉じた。

「たっちゃん、今日が初めて、だよね？」

姉は寝言のように囁いた。

「えっ？　う、うん……」

慌てて大きな声で返事をしたけれど、次はなかった。身構えていたボクの耳元で、姉は再び静かな寝息を立てている。事のすべての発端は姉の秘密を知ったからだと、打ち明けることができなかった。

＊

真夜中にはさほど気にならなかった両膝の擦り傷の痛みで、早朝に目が覚めた。時計を見るといつもの起床時刻より一時間も前だった。

改めて全身の疲労度を確かめる。両腕の内側と胸の筋肉、太ももの内側の筋肉にわずかな動きでも痛みが走り、全身が行為直後とは比べ物にならないくらいのだるさで岩のように重かった。まるで布団に縛り付けられたように自由に身体を動かせない。

結局、ボクは学校を休んだ。

たった三分間の出来事だったのに、まるでウルトラマンのようにパワーを出し尽くしてしまった。体力が少しは身に付いた気がしていても、体幹には基本的に著しい変化が見られない。ボクは布団の中で肩を落とした。それにしても初体験で熱を出す自分が本当に嫌になる。嫌になるけど次の日も休んだ。その次の日も休んだ。

原因はあの三分間のせいじゃない。

休んだ日の夜も姉を求めた。その次の日の夜も姉と繋がった。そしてその次の日も。父と母が寝静まると、二人は同じ布団の中で重なりあった。朝の発熱は、午後には下がってしまう。心が落ち着いて、夜眠ろうと目を閉じると頭の中に姉の〝あの姿〟が浮かんでくる。信じられない映像は心の中に大きなダメージを与えたはずなのに、どうしても分身が布団の中で騒ぎ出した。分身の欲求は最大限の快感を求めて、姉の身体へと向かった。生身の肉体の感触を覚えてしまった〝彼〟は、自分で慰める行為では満足できなくなってしまった。体つきも貧弱だけど、精神的にもまったく未熟な自分にはその衝動を抑える方法が分からなかった。

しょうどう【衝動】①目的を意識せず、ただ何らかの行動をしようとする心の動き。「―的」「―にかられる」②つき動かすこと。

嫌がれば強引にはしないつもりでいた。あの夜の後悔からそう思った。布団をそっと這い出し、背を向けている姉の肩を揺らした。気づいた姉は自分に掛かった布団を払いのけ仰向けになる。無言のまま胸の中に飛び込むと優しくボクを包み込む。姉は小さい頃から言うことを何でも聞いてくれた。駄々をこねてもすべて許してくれた。そんな姉の性格を逆手にとっている。ボクは本当にずるい人間だ。

逆手に取る　読み方：さかてにとる・ぎゃくてにとる　機転を利かせて状況を活かすこと。相手の責め立てを逆に反論・反撃に利用する。

（実用日本語表現辞典　http://www.practical-japanese.com/　より）

不思議なことに、その間、筋肉の痛みはまったく感じられなかった。姉の大きな胸とお尻、そして細い腰は、柑子色の小さな光の中に浮かぶシルエットだけでも十分トランクスの中の分身を興奮させた。姉の柔らかくてスベスベした身体の上を、醜いゴキブリのように這いつくばった。何かを伝えようと必死に動き回るのに何も伝えられなかった。そして精液は姉の中で何度も力なく零れ出た。

三回目（三日目）。最初にキスしたくなった。唇を尖らせると、姉の唇が小さく触れ、直後甘い吐息を連れて再び強く重ねられた。挿入の時、姉は分身が中に入り易いように、お尻を浮かせて角度を変えていることに気づいた。最初の時もきっとそうしていたに違いない。そこまでしてくれるのに姉の反応は何もない。射精するのをただ待っている。なぜボクの稚拙な行為を受け入れているのか分からなかった。分からないことだらけなのに、それでも女の人の身体の神秘に夢中になる大人の男の人の気持ちは、何となく理解できるような気がした。

次の朝また熱を出した。さらにそれが一週間続いた。

こんなわがままに付き合って、姉はずっとそばにいる。何日も会社を休んだら、簡単に解雇されてしまうことぐらいボクにでも分かる世間一般の常識なのに、「心配しなくていいの」と、姉はただ柔らかな微笑みをくれるだけ。

親友二人もまたやってきた。二人には言えない恥ずかしい気持ちと、申し訳ない気持ちで心の中はいっぱいだったけれど、姉に会える口実ができてかえって嬉しいと、宮脇大輔は二人に共通した本音を代弁した。

*

十日ぶりに登校した。

二、三日続けて休むことは何度もあったけれど、十日続いたことは今までなかった。テストが終わった直後だから勉強疲れが原因で休んでいると好意的に考えてくれた少数派のクラスメートも、これだけ長いと呆れてしまい、結局はズル休みなのだと結論付けるに違いない。白い目で見られた挙句、勉強も大幅に遅れ、クラスのみんなからはどんどん取り残されてしまう……。

こんな調子で孤立していく自分を勝手に想像し、何度も気分を滅入らせていた。だから長いブランクの後の初日はいつも不安でいっぱいだった。真っ先に声を掛けてくれるのはいつも宮脇大輔だ。窓際の一番後ろの席からおおげさなくらい大声で名前を呼ぶ。休んでいる間見舞いに来てくれたから、久しぶりでも新鮮でもないけれど、その声を聞くと安心する。その後松井純一がゆっくり近づき、朝からクールにおはようを言う。

「今回はずいぶん長くサボったな！」

宮脇は平気で毒を吐く。普通は気分を損ねる場合も多いけど、誰もが抱いている疑念をいきなり直球で代弁してしまうので、教室内の緊張感を一気に解してしまう。ボクにとっては救いの言葉なのだ。それでも今までは感謝の気持ちを気の利いた言葉で表わせずにいた。でも今回は違う。宮脇に勇気づけられ用意した切り返しは、性に執着する彼への皮肉も込められていた。

「ごめん、家で学校とは違う勉強をしていたんだ」

「な、なんだよそれ？　お前、家で寝込んでただけじゃないか！」

宮脇は目を丸くした。彼がそうなるのも仕方がない。

きっかけや相手はともかく、ボクは女性とセックスをした。大人の女の人の膣内に自分の男性器を挿入して射精した。この教室の中にセックスをした同級生は何人いるだろう？　少し前の自分のように、自慰行為の意味すら分からない者もいるかもしれない。クラスの中で体験した者はそういないであろう行為を先駆けている。みんなが知らない、大人になるための知識をつい最近ボクは身に付けた。そう、ボクは誰よりも先に大人になった。そんな気分だった。

担任の山本先生だって、偉そうなことを言っても、まだ独身だから童貞かもしれない。そうなればボクはこのクラスで一番大人ということになる。さらに言うなら大人には秘密がある。悩みを抱えている。テレビのドラマや映画を観ていると、大人は社会に隠し事をして日々暮らしている。悩みを抱えながら、目標に向かって生きている。ボクは姉とセックスをしてしまった。世間一般ではいけない近親相姦だ。二人以外はその事実を誰も知らない。こんなふうに大人は大人同士で秘密を共有する。秘密を共有するのは大人の証しだ。それに、なぜ父と姉があんなことをしているのか他人《ひと》に言えない悩みを抱えている。日々悩み続ける大人の自分がいる。

そんなふうに思えてしまった。

ボクは気持ちが舞い上がっていた。アットホーム・ファミリーが崩壊する危機に直面しているのに、反面、悲劇のヒーローに酔っていた。こんなことで大人が完成するはずがないのに、この時のボクはまだどうしようもない子供だった。

＊

リビングのテレビで、お笑い界の大御所コンビが司会のバラエティー番組を観ていた。今までは体調を考え、午後十時には布団に入っていたので、その番組はＤＶＤレコーダーに録画して後日観賞していた。でも最近はその時刻に眠らない。安定した自慰行為時間の確保と、姉との良好な関係持続の両立を目指した意識改革を断行した経緯は以前記した。それでも開始当初は肉体的負担が大きかったのだが、今はやっと身体が順応し、安定している。食事の摂取量の増加も大きいけれど、セックスをすることで身体の動きが活発になり、より多くのエネルギー源を欲していることも、少なからず影響しているように思う。

入浴後の姉はキッチンで洗い物をしている。

父は書斎に籠っているからまだ起きているボクに気づかない。母は何かのサークル仲間と九時頃からカラオケに行ってしまった。

「なんだ、まだ起きていたのか」

突然、父がリビングにやってきた。

「う、うん、最近は何となく身体の調子がいいんだ」

緊張しながら父に言った。

「そうか、調子がいいからってあまり夜更かしはするなよ」

父は感情が読み取れない抑揚のない口調で言葉を返すと、返事も聞かずに姉のいるキッチンへ向かった。テレビを観ながら笑っているふりをして、二人の方へ聞き耳を立てた。

「……用事が済んだら後で書斎に来てくれ」

「……はい……」

会話はそれだけだった。

ボクは直感した。

(今夜、姉はまた父に犯されるんだ)

あの夜、目に焼き付いた光景を確かめる決心をして、テレビを消した。

「もう寝るね」

そう姉に告げて部屋に戻った。きっと知られたくないはずだから、眠ったふりをしていれば、姉が行動しやすいと思った。

部屋は柑子色の小さな灯りだけにして布団に潜り込んだ。暗さに目が慣れてからは壁に掛かる時計の針をじっと見つめていた。十五分くらいすると廊下を歩く足音がしたので、目を閉じると、直後にドアが開いた。ボクが眠っているのを確認したのだと思う。ドアは静かに、かつゆっくり閉められ、足音が遠ざかった。

ボクは布団を抜け出し、ドアに耳を当てた。

姉が書斎のドアを開けたと思われる音が微かに聞こえたので、靴下をはいてから部屋を抜け出して後を追った。靴下をはいたのは、そのほうが足音がしないと思ったからだ。

父の書斎から光は漏れていない。入り口はしっかり閉じられていた。ドアには耳を当てず部屋の前に立ち、全神経を集中させて中の音に耳を澄ました。

「めぐみの身体はいつ見ても透き通るように白くてきれいだな」

父の落ち着いた声が聞こえる。姉は父の目の前で全裸になっている。想像しただけで胸の鼓動が高まる。

「この傷だけが唯一の汚点だ！」

一転、父が語気を強めた。リビングでの母との会話で感じた以上の激しさを伴い、しかもその怒りにも似た言葉は姉に向けられている。めったにない父の様子にボクは大いに動揺した。姉の身体のどこかにボクの知らない傷がある。姉の全裸を何度も見ているのにまったく気づかないでいた事実にも大きな衝撃を受けた。

「そんなこと言わないでください。絶対に達哉の前では」

「分かってる」

姉の悲しそうな呟きに、先ほどと同じ強い口調で父の返事が重なった。姉が口にした〝達哉の前で〟とは、つまり原因は自分ということだ。

（ボクのせいで姉の身体が傷ついた？）

胸の鼓動が大きくなる。

「あ、あの……最近もお変わりはありませんか？」

姉の声が聞こえる。

「ああ、今でもこうしてめぐみが相手をしてくれるから、私は外では正気でいられる」

「そうですか」

「それじゃあ、頼む」

「はい……」

会話が途切れた。父が時折小さく唸っている。それに紛れて微かに音がする。小さく水が跳ねるように聴こえるが、それが何なのか想像できなかった。

「うん、もういい。今日は後ろからやろう」

「はい」

その後再び会話が途切れた。五分以上は空白の時間が続いていたと思う。黒くて大きな革のソファが、キュッキュッと擦れる音がして、最初はバラバラだったリズムが次第に統一されていく。

父が中に入ったみたいだ。姉が子犬の鳴き声のような言葉を発した。しばらくすると、一定のリズムを刻んで、水に小石を投げているような音がする。それは先ほど聴いた響きより鮮明な音質で聴覚に届いた。

「何だかんだ言っても女の身体は正直だ。いつも潤ってくる。少しは感じているのか？」

声色は、笑みを浮かべている父の顔を想像させた。

「そんなことはありません」

姉は弱々しく反論していた。他にも何かを訴えていたけれど、肌を手の平で叩くような音が邪魔をしてよく聞き取れなかった。その音も一定のリズムを刻み次第に大きくなってくる。小石に投げた水の音もまだ続いている。それらに合わせてソファの擦れる音も大きくなり、父の唸り声も音量を上げている。それらの終焉がまったく見えない。自分の挿入時の動作より圧倒的な持続力と瞬発力の強さを兼ね備えている。歳を重ねた大人の男の強さは、若造の自惚れた心を完璧に打ち砕く。胸の鼓動が激しいまま立ち続けていたボクの気分は精神的なダメージをも伴って、最悪な状態へ導かれそうだった。咳き込むと気づかれてしまうので、口を押さえてゆっくりドアの前を離れた。

「……いくぞ」

階段を上がる時、微かに聞こえた父の声はそう聞き取れた。

すべての音が止まった。

ゆっくり部屋のドアを閉め、急いで布団に飛び込んだ。少し咳き込んだものの、鼓動が落ち着くとすぐに収まった。戻ってきたらボクも姉を犯そうと思いじっと待った。ふと心に浮かんでくる。圧倒的な力でねじ伏せられ犯された姉が、ボクの貧弱でみっともないセックスをどう感じるのだろうか。心の中で蔑むだろうか。それ以前に拒否されるだろうか。急に不安が襲ってくる。そして次の瞬間自分を卑下した。大好きな姉が実の父に辱めを受けていたのに、慰めや労わりを抱くどころか二人が交わる音を聴いて心と身体は単純に興奮を抑えられなくなった。なんて無責任で身勝手なんだ。ボクは何度も繰り返し自分を責めた。その前に理由を聞こうと考えた時、心のループは収束した。

ひげ【卑下】みずからをいやしめてへりくだること。

待ち疲れて意識が薄らぐ中、ドアが開いた。とっさに時計を見ると、布団に飛び込んでから三十分が過ぎている。姉はすぐに寝床に入り自分の身体全体に布団を掛け、ボクに背を向けた。少し丸めた肩が悲しそうに見えた。

「お姉ちゃん」

ヒソヒソ声に姉がゆっくり振り向いた瞬間ボクは次の言葉に詰まった。薄暗闇の中に浮かぶ大きな目の周りは珊瑚色に色付き、涙を滲ませている。

「どうしたの？　怖い夢でも見た？」

耳に届く声はいつにも増して優しかった。

ついさっき大きく揺れた自分の思いがすべて吹き飛んでしまった。

「お姉ちゃん、したいんだ」

驚きは見せず、姉は一瞬目を伏せた。すぐに顔を上げ柔らかく微笑むと、布団を腰の辺りまではがして両手を差し出す。ボクも自分の布団をはいで姉の腕に飛び込んだ。姉の上に覆い被さると、下から強く抱き締められる。でも全然苦しくない。大きな胸がボクの身体を優しく包む。いい匂いがボクの心を優しく包む。姉は唇を突き出しボクの唇が磁石のように吸い付く。姉の息遣いが荒くなる。顔の角度を九十度変えてボクの唇を自分の唇の中に食べているように吸い込むと、すぐに姉の舌が口の中に侵入してきた。キスは唇を重ねるだけだと思っていたので、初めての侵略に一瞬恐怖心を抱いた。姉の舌がボクの口の中で別の生き物のように動く。舌や、歯茎、そして口の中の粘膜を忙しく舐め回っている。初めに抱いた気味悪さは次第に薄れた。姉の細い指先で頭を撫でるように、お腹を擦ってくれるように、やがて口の中で姉の舌から伝わる体温を感じた。今まで味わったことのない快感。唾液も流れてきたけれどまったく気にならなくなった。

上半身の心地よさは下半身にも連動した。分身はすでに大きく膨らみ、姉の太ももを容赦なく突いた。姉の右手がパジャマのズボンとトランクスを簡単に突破して亀頭を的確に摑む。姉がたやすく突破した障害を右手で膝まで下ろし、後は足を細かく動かして必死にはぎ取った。姉の両脚がゆっくり開き、亀頭を握られたままの分身はその中心部へと導かれる。この時初めて姉の下半身が無防備なことに気づく。部屋に戻ってきた時に確認した、普段寝間着として上半身に着けているTシャツにプリントされたダックスフンドを眺めている余裕はもうなかった。

「あっ」

一瞬ぬるっとした感触を亀頭に受け、思わず声を上げてしまった。そして分身全体が一気に姉の中に吸い込まれる。そこはいつものように熱くて柔らかくて湿っていた。

「たっちゃん……」

呟いた姉の視線は、なぜか遠くを見ていた。

「お姉ちゃん……」

でもボクはいつものように、ゴキブリみたいな格好で腰を動かすだけ。

姉の唇が何かの形を作っているけど、声は出なかった。初めての反応だった。姉の中も一緒に動いている。ほんの少し慣れたけど、自分の意思で長くは留めていられない。すぐに射精しそうだった。

あと二、三回擦ったら限界だと感じた時、父の書斎で聴いた、水に小石を投げるような音がしてボクは思わず呟いた。

「お姉ちゃん、感じてるの？」

父が口にした言葉を投げ掛けてみた。〝感じてる〟という意味がよく分からなかった。でももしも父の時とは違う返事なら、ボクがしていることは姉を感じさせる特別な何かがあるような気がした。

「うん」

耳元じゃないと聞こえない小さな呟きは、とろけるような甘い吐息を伴い、ボクの全身に電流を走らせると、分身の射精を促した。射精すると分身が気持ち良くなるのは当たり前だけれど、姉の言葉でなぜかボクの心も気持ち良くなった。何かを解放してくれた。まるで心も射精したようだった。快感が二つ重なったせいで、実際の精液は恥ずかしいくらい溢れて姉の性器を汚したようだ。その証拠に、繋がっている二人の隙間から漏れ出て太もも辺りをヌルヌルと湿らせていた。

「お姉ちゃんごめん、いっぱい出ちゃったみたい」

ボクはすぐに汚れを取り除こうと思い、上体を起こした。

「ううん、大丈夫。このままでいて」

姉に肩を引き寄せられ、ボクは胸の上に崩れ落ちた。

「ボクのせいで汚れちゃったのに気持ち悪くないの？」

姉の胸の鼓動を右耳で聴き、左耳で答えを待った。

「汚れたのはたっちゃんのせいだけじゃないの。お姉ちゃんも汚しちゃったから」

「どうして？」

「お姉ちゃんも感じてたから、お姉ちゃんの中からも液が出てるのよ」

「〝感じてる〟ってどういうことなの？」

「幸せな気持ちってこと……。そうなると女の人の中からも幸せの液が溢れてくるの。とってもいけないことだけど、お姉ちゃんの膣内《なか》でたっちゃんが動いてると、すごく幸せな気持ちになるの」

もう何回目かは覚えていない。耳元でそう囁いた姉にまた強く抱き締められた。

父の時は幸せじゃなくて、ボクとの時は幸せになる。姉を犯す行為は二人とも同じなのに、なぜその違いが現れるのか分からなかった。でもそれを聞いて、ずっと心に秘めていた疑問をぶつけるのはやめにした。幸せな気持ちでいる姉に、つらい思いを蘇らせる行為は単純にかわいそうだと思った。ぼくのせいで残る身体の傷はすごく気になるけれど、幸せでいる時間を壊してまで聞く必要はない。

＊

一週間後、常用している「元気が出る薬」とは別の薬を姉から手渡された。一錠一錠きちんと包装されている錠剤だが、これも市販されていない。お医者さんが病院で扱う特別な薬だという。

「これはね、あなたみたいな身体の弱い人がどうしても体力を使わなきゃいけない時に飲むお薬なの」

そう言って姉は微笑む。だけど意味が分からなかった。

「どういうこと？」

「たっちゃんが今まで身体を動かした中で一番疲れたことは何？」

十代前半の少年が普通は考えることじゃないけれど、そう言われたら最近のこれしか思い浮かばなかった。

「セックス……かな」

「そう、セックスってとっても体力が必要なの。本来はそのためのお薬じゃないけれど、たっちゃんがもしもお姉ちゃん以外の女の人とセックスをするようなことがある時は必ず飲んでほしいの」

「お姉ちゃん以外とするなんて考えられないよ。だって彼女なんかいないし、まだ女子に告白する勇気もないし、もし告白してOKされても、中学生がいきなりセックスしようなんて絶対言わないよ」

「それでも万が一があったら困るから……だから持っていてほしいの」

「でも、どうしてお姉ちゃん以外なの？」

「たっちゃんにはまだ分からないかもしれないけれど、他人とする時はきっと必要以上に気を遣うはずだから、お姉ちゃんの時とは比べ物にならないくらい体力を消耗すると思うの」

「だから？」

「だから、〝今日はする〟っていう時に必ず飲んでほしいの」

「ふうん、分かった」

　納得したふりをして受け取ったものの、まだその歴史が始まったばかりのセックス初心者に姉以外の選択肢はあり得ないし、そんな事態が近い将来に起こるなんてまったく想像できないから、絶対必要ないと思った。

姉の説明は最初から最後まで不可解だった。

ふかかい【不可解】理解しようとしても（複雑・神秘すぎて）理解できないこと。わけがわからないこと。

「人生は――」

でも姉の言うことに不思議と間違いはない。

＊

ボクは姉との入浴を再開した。

見られて恥ずかしいことはなくなったし、姉が幸せな気持ちになれるなら、また始めてもいいと思った。

再開した最初の日、気になっていた傷はすぐ発見された。おへその下約十センチメートルのところに存在していた。傷というほど目立って醜いものじゃない、香色に近い横線で、溝は薄く消えかかっていた。今まで毎日見ていて気づかなかったモノが頭の中で意識したとたんに見えてくる。人の目は案外いい加減だと思った。でも原因はまだ聞かなかった。自然に話せる時機を待って、確認だけに留めた。

リニューアルオープンした混浴は、今までとは少し様子が違う。繰り返すが、姉の全裸を見てしまえば、その時置かれている感情に関係なく分身はたやすく勃起する。姉の前で何も隠す必要がなくなったのでなおさらだ。姉も分身がはしゃぐのを気にしなかった。時々我慢できなくて、目の前で自慰行為をするようになった。初めて披露した時の光景は忘れられない。いつもは亀頭の左側にトイレットペーパーを添えて吐き出していたのでその潜在能力は不明だった。浴室の洗い場で飛び出した精液は、消防自動車が放水するような勢いで空中に白い曲線を描き、尿道から二十センチメートルくらい先の床タイルに着地。人がうつ伏せに倒れるような形で醜く貼り付いているその先陣は、発射された分身の先端まで汚らしく糸を引いていた。姉は一瞬目を丸くして驚いたけど、すぐに口を押さえて笑い出す。楽しそうな姉とは逆にボクは不安になった。だってこんな勢いで射精したら傷付いちゃうと思ったから。とっさに中は痛くないのと尋ねたけれど、湯船に浸かる姉は左手で口を押さえて声を殺しながら右手を振っていた。よく考えたら痛いわけない。思わず口を付いた愚問がとても恥ずかしかった。

そんな下らない行動や、意味のない言動も、まるで人気テーマパークのアトラクションやステージショーを観ているように笑顔で受け入れ、姉はボクの身体の汚れを丁寧かつ優しく洗い流してくれる。それは混浴を中止する前とまったく変わらない。

肉体の接し方が激変しても、変わらない心の絆がさらに二人を強く結び付け、混浴はボクと姉の「特別な時間」へとエスカレートしていった。

父が研修で出張し、母が夕方から外出したその夜、二人は浴室でセックスした。身体中を泡だらけにして抱き合った。姉の柔らかい胸もお尻もスベスベしてさらにトロトロになってまるで溶けていくようだった。姉の身体は想像していたよりも細くて、腰骨の位置が手の平で感じられた。いっぱいキスもした。姉の舌がボクの口の中を舐め回した。唾液も大量に流し込まれた。負けじとボクも姉の口の中に舌を入れて暴れ回り唾液も流し込んだ。

姉はボクの唾液を濃厚なジュースのように味わい、喉を鳴らして飲み込む。真似してボクも飲み込んだ。味は分からないけど、甘い香りがした。姉の太ももにぶつかる分身は、今にも破裂しそうに膨張し、直立していた。姉は浴槽の縁に左足を掛け、右手で彼を強く握り入り口に押し当てた。そして二人は立ったまま繋がった。ボディソープの泡も一緒に入ったので姉の中はいつもよりもヌルヌルしていたけれど、締め付ける力は一層強く感じた。

直後、姉は感じているのか、突然大きな声を上げた。

「感じてるの？」

腰をゆっくり上下に動かしながら聞いてみた。姉は目を閉じ、ボクにリズムに合わせて首を縦に振った。姉は今幸せの中にいる。ボクは必死に腰を振って分身を擦り、姉の幸せな時間を少しでも長くしようと思った。

大声は、喜びと苦しみと、ボクには分からない別の感情が入り混じっているようだ。長い間抑えていた何かが解放されたのかもしれない。お淑やかな姉からは想像できない激しさと力強さだった。ボクの全身に再び電流が走る。

「ああっ……」

射精と同時に、ガクガクッと腰が抜ける感覚に襲われた。姉は浴槽の縁にお尻を着き、ボクを抱き締めたままバランスを保った。分身は姉の中で長く脈打っている。

「大好きよ！　たっちゃん！」

普段感じられない語気の強さが腕に及び、一瞬息が詰まる。いまさら宣言しなくても分かっていることなのに、言葉に出されるとやっぱり嬉しい。女の人は交際相手に毎日「愛してる」の言葉を要求すると何かのテレビ番組で話していた。その理由が何となく理解できた。身体中に走った電流はボクを天国へ連れていってしまいそうだった。

五分くらい、二人は黙ったまま抱き合っていた。姉の甘い息遣いと、胸の鼓動が、心地よいひとときをボクの身体に染み渡らせる。一生時が止まればいいのにと、生まれて初めて思った。このまま抱き合って生きていければ何もいらないと心の底から願った。

　その後、少し冷えてしまったお互いの身体をもう一度泡だらけにしてすべてを洗い流した。

　最後に湯船に二人で浸かろうと、ボクが下になり、姉が向かい合った状態でその上に重なった。姉の大きな胸を目の前にして、分身はまた上を向いた。性欲は体力とは関係なく旺盛だ。覚えたてならなおさら。姉は素直に応えてしまう。微笑みを浮かべながら自分の中に彼を納めると、そっと唇を重ねる。それだけでボクは果てた。

　二回目の射精は、姉を幸せな気持ちにさせるにはあまりにも短すぎた。

＊

　先週、「来週の五時間目の保健体育の授業内容は『第二次性徴期の身体の変化について』」という予告があった。つまり今のボクたちが抱える問題。簡単に言えば性教育のことだろう。

　人一倍異性に興味がある宮脇大輔は、それを知ってセックスの話が聞けると思い込みずっと独りで盛り上がっていた。それが次第に宮脇のエロ仲間にも伝染してエロ話が過熱。いつもは目立たない、大人しいクラスメートも巻き込んで、お昼休みの教室はお祭り騒ぎになっていた。

通常のこの授業は、まさに昼食後の睡眠を推奨しているように退屈だった。だけどこの日ばかりは始まりのチャイムが鳴っても男子の誰一人机に伏せる者はなく異常なほどの目の輝きを見せていた。

男性器周辺の断面図、女性器周辺の断面図と、左右二つの卵巣から子宮、膣内の正面図を黒板に貼り付けられた時は、教室中が一瞬どよめき、直後、まるでレーザー光線のトラップが仕掛けられたように、張り詰めた空気が流れる。下半身が騒ぎ出すような、卑猥な授業を期待して皆の顔が紅潮していた。

その中にあってボクは冷静さを維持できた。なぜならすでに女性器の断面図に描かれた膣の中に、男性器の断面図の陰茎を挿入して射精しているし、宮脇のようにセックスの方法を教えてくれるとも思っていないから。それどころか優越感さえ抱いている。

（もしも期待外れだったら、ボクが詳しく教えてあげようか？）

授業開始五分後、着古したジャージ姿のいかついい体育教師黒田は、興奮した少年たちの期待を見事に裏切った。黒板の図を指差しながら淡々と進める事務的な説明は、張り詰めた空気を一気にしらけさせ、彼を見つめるほとんどの目は死んだ魚のように濁っていた。

男性のしくみ…精子は精巣（睾丸）で作られて精のうと前立腺から出る液が混ざると精液になる。精子は精巣と精のうに貯蔵され、いっぱいになると前立腺で精液となり、尿の通り道でもあるペニスから射精という形で放出される。一回に出る量は大さじ一杯くらいで、その中に二〜三億個の精子が入っている。

辛うじて意識を繋いでいる、無駄に真面目な輩から驚きの声がわずかに聞こえた。

女性のしくみ…約二十五日から三十八日（およそ一か月）に一回の周期で、針の穴ほどの大きさの卵子が一個、卵巣から排出される。卵巣で卵子が成長すると子宮の中では卵子が休むためのふわふわベッドが作られる（子宮内膜）。卵子の排出時に精子と出会えば、受精卵となってベッドに潜り込む（着床する）が、そうでないとベッドは使われないまま古くなるので、自然に壊れて外に出る。これが生理である。ベッドには栄養となる血液が多く含まれている（約一〇〇CC）。出血するのはそのためで、何日も何回にも分かれて外に出る。次の排卵は生理の開始日から約二週間後。最初の生理が始まるのは十二歳が一番多く、早い人では九〜十歳、遅い人で十八歳くらい。

「先生、女子が排卵の頃にエッチしちゃうと妊娠するっていうことですか？」

淀んだ空気を突然宮脇大輔が掻き回した。

「一〇〇パーセントではないが、可能性は大きい。だから将来お前たちが何も考えないで性交して大変なことにならないよう、避妊をしないといけない。例えばコンドームという避妊具を使ってな」

コンドームに小さなどよめきが起こる。先生は宮脇に触発されたようで、声の音程と音量が上がり、セックスに関する直接的な言葉が口を付いた。彼も緊張していたのを宮脇が解したようだ。

「コンドームだけで大丈夫なんですか？」

宮脇は質問を続けた。

「女子の方に着ける避妊の道具もある。飲み薬でピルというものがあるが、それは産婦人科医の処方箋という書類が必要で、簡単には手に入らない」

「それじゃあ、女子に避妊の道具を着けさせて、薬を飲ませれば、男子はコンドームを着けないでヤッてもいいんですか？」

「バカモノ！　お前は何を考えているんだ！　そんな奴は絶対にしちゃいかん！」

宮脇の頭にゲンコツの形をした先生の右手が二度触れ、爆笑で授業は終わった。でも、ボクは爆笑の中に入れなかった。宮脇は自分の明るい未来のために質問したのだろう。ところがボクは何も知らないまま何もしないですでに実践済み。授業前の優越感は木端微塵に吹き飛んだ。過去の行いに不安を抱いたのはきっとボクだけに違いない。

こっぱみじん【木端微塵】細かくこなごなに砕けること。

＊

気がつくと部屋の一輪挿しにはトリカブトが咲いていた。この季節には毎年飾られているような気がする。おもちゃのラッパのように垂れ下がった奇妙な花の形と、きれいな桔梗色（青みを帯びた紫色）のこの花の名前だけは姉に一度聞いただけですぐ覚えた。野生の花は人を殺してしまうほど猛毒を持っているけれど、これは観賞用だから全然ないのよと姉は付け加えた。何となく気になって、花言葉を調べたら「後悔」という文字が出てきてボクはうろたえた。

二人のいけない関係が始まってから一か月とちょっとが過ぎた。その間、毎日ではないけれど、抱き合っていた日数のほうがそうでない日数より圧倒的に多かった。もちろん、コンドームを着ける避妊対策なんてまったくしていない。そして姉に生理が来た気配もまったく感じられない。まさかとは思うけど、絶対ないとは言い切れない。

頭の中に「妊娠」の文字が大きく浮かんだ。

ボクはすごく後悔し、そして大いに動揺していた。女の人の身体のことをまったく知らないで自分勝手に姉とセックスしていた。RPG（ロールプレイングゲーム）の中で武器やアイテムを手に入れたキャラクターが、ワンランクパワーアップするように、人間が何か具体的な行動ができるようになったからって簡単には成長しないし、そのことで成長するという保証もない。膣内に男性器を挿入して射精したという経験は、確かに大人への一歩かもしれないけど、それだけで人間的に立派になるわけもない。その後に起こる出来事にも注意が必要だし、それ以前にやらなければいけない予防もせず、単にセックスを軽はずみな遊びと考えているようでは決して分別ある大人の行動とは言えないのだ。

ボクは悩んだ。でもボクが悩んで解決できることじゃない。とにかく姉に問い質さなければいけない。〝問い質す〟は相手に対して厳しい態度を意味するけれど、優しく尋ねたのでは、はぐらかされるかもしれない。でもどうやって切り出せばいいのかまったく思い付かない。やらなければいけないことは一つなのに、その日は一日中悩み続けた。

「どうしたの？　身体の具合でも悪いの？　でも達哉のいつもの様子から考えると、身体じゃないような気がするんだけど、どうかな？」

次の日も悩んでいると、松井純一がボクの前の席の椅子に反対向きに座り、メガネの縁を触りながらクールに言った。さすがに鋭い。

「なんだ？　モヤシくんがいっちょうまえに恋の悩みか？」

松井に返事をする前に、宮脇大輔がボクの肩を叩いて会話に入り込んできた。宮脇は時々意味の分からないオヤジ言葉を話す。

いっちょうまえ【一丁前】→いちにんまえ。

いちにんまえ【一人前】①一人の人に割り当てる量。一人分。②おとなであること。「―になる」③技芸などがその人の道として通用するほどに達していること。「やっと―だ」

「ち、違うよ……」

小さな声で反論したけど、宮脇には聞こえなかったようだ。

「そういう時は、ウジウジしてないでアタックあるのみだぞ！　ところで相手は誰だ？」

「だから、違うって……」

もう一度反論したけど、宮脇はまったく聞く気がないようで、自分の発言に酔いしれ、大きな声で笑っていた。

「でも達哉は頼りなさそうだけど、よく見るとイケメン顔だから意外に女子には人気があると思うよ。思い切ってストレートに告白したら？　上手くいったら教えてよ」

松井も宮脇の勝手な思い込みに同調して、クールに言い放った。まったく的外れだったけど二人のお陰で少しリラックスできた。

もういくしかない。

＊

その夜、意を決して姉に向かった。

「お姉ちゃん、聞きたいことがあるんだ」

ボクは布団の上で無意識に正座していた。

「なあに？　改まって」

姉も面白半分に真似をして、自分の布団の上に正座した。

「生理は来てる？」

姉は少し驚いたようで、一瞬真顔になり、大きな目をさらに開いた。

「どうしてそんなこと聞くの？」

「昨日の保健体育で性教育っぽい授業があって、その中で避妊の話があったんだ。それでいろいろ知って。ボク、お姉ちゃんとする時、何もしないでいつも中にだしてたから……」

「大丈夫よ、心配しないで」

姉の表情はいつもの柔らかな笑顔に変わった。でも〝大丈夫〟では安心できない。

もう一度質問した。

「ボクとし始めてから生理は来てるの？」

姉は無言のまま、五秒間ボクを見つめた。

「う〜ん、ちょっと遅れてるかな」

姉は戯けて答えた。やっぱりはぐらかそうとしていた。それにしても避妊について意外なほど無関心な態度にはただ驚くばかり。ボクは大いに狼狽した。

「だって赤ちゃんができるって大変なことでしょ？　それにボクたち血が繋がったきょうだいなんだから」

捲し立てた。でも姉を犯しておきながら、妊娠を強く心配している自分の言葉に次第に腹が立ってきて、勢いは尻切れとんぼになった。

「お姉ちゃんにとっては、妊娠するとかしないとかって、あんまり大切じゃないの。それよりも、お姉ちゃんの大切な人が幸せな気持ちになれるかどうか、お姉ちゃんも一緒に幸せな気持ちになれるかどうかのほうがずっと大事なの。だから心配しないで」

そう言ってもう一度微笑んだけど、残念ながらボクには笑えない結果が待っていた。

姉はすぐに検査をしてくれた。でも気づくのが遅かった。妊娠六週目に入っていた。計算が合わないと思ったけど、妊娠期間は最終の生理が始まった日から数えるのでそうなるらしい。ボクの精子は意外に手が早い。姉は迷わず人工中絶を選択した。この事態はやっぱり軽視できない。

けいし【軽視】物事を軽く見て、重大だと考えないこと。かろんずること。ばかにすること。

悲しい、悔しい、腹立たしい。

ボクの気持ちを表現する言葉をいろいろ並べてみたけれど、どれもしっくりいかない。

「大丈夫だから、心配しないで」

何度もそう繰り返す姉の柔らかな微笑みに曇りはなかった。というより、いつもより晴れやかな気がした。

人工中絶するには相手の承諾も必要で、お医者さんに「同意書」という書類をもらっていた。中には男性の名前を記入と捺印する欄があったのに、姉は何も言わなかった。だからどう処理されたのかボクには分からない。

妊娠期間はまだ十一週を過ぎていないので全身麻酔で眠っている間に子宮の中を掃除機のように吸い出す「吸引法」という方法で中絶するという。昔は胎児を子宮内膜ごと器具を使って掻き出す、掻爬《そうは》という方法でしていたため、子宮が傷つけられることもあったそうだ。時代が違っていれば、姉のお腹の中を冷たい器具が暴れ回っていたことになる。考えただけで背筋が寒くなった。

「でもね、それを過ぎて中絶するともっと大変なの。子宮口を人工的に拡げて、薬で陣痛を起こして赤ちゃんを〝産む〟みたいにするんだって。陣痛はとてもつらくて長時間かかるから、入院する必要があるの。だから、たっちゃんが心配してくれたお陰で少し助かったのよ」

じんつう【陣痛】出産の時、周期的に起こる腹部の痛み。

国語辞典の解説は単純明快過ぎて〝つらい〟という感覚が伝わらない。ボクは気になって妊娠に関する雑誌の体験談を立ち読みした。

「言葉にできない痛み」

「のたうち回るくらい痛い」

「お腹がガンガン堅くなって腰が砕けそうになるくらい痛い」

「陣痛中にあまりの痛みで吐いてしまう」

ボクの気持ちはさらに落ち込んだ。

手術当日、姉は会社に行く普段通りの時刻に家を出て産婦人科へ向かい、ボクも学校へ行くふりをして姉に同行した。それが妊娠させた男の責任だと大人ぶった。待合室で妊婦のお母さんにしがみつく幼児の姿はよくある日常だと思う。でも学生服を着た中学生男子の付き添いは、恐らく病院内を揺るがす大事件だったに違いない。ボクを凝視する視線の数だけ二人の関係をテレビのワイドショーのように詮索されていると思うと顔を真っすぐ上げられなかった。

「芳賀さ〜ん」

看護師の声がとても澄んでいて優しく感じた。これから姉の身に起こる不幸を気遣ってくれているようにさえ聞こえる。姉は小さく返事をしてゆっくり立ち上がると、ボクの肩に手を置いて耳元で囁いた。

「手術はすぐ終わるらしいけど、少し休まなくちゃいけないから、退屈だったら先に帰ってね」

姉を独りにするなんて無責任なことはできない。ボクは何時間でも待つつもりでいた。

その後姉は四時間出てこなかった。でも苦痛だとは思わなかった。姉は何でも良いほうに考えて、落ち込むボクを元気づけてくれていた。そう思うと少し心が落ち着いて、途中で居眠りまでしてしまった。

「大丈夫だから、心配しないで」

夢の中で姉の柔らかな笑顔が浮かぶ。それはまるで過去に経験したかのような迷いのない表情だった……。

（！）

ボクはその時気づいた。

（きっと姉は父の子供を妊娠したことがあって、だから少しも慌ててないんだ。だったらこれだってそうかもしれないじゃないか）

ふと父に責任を転嫁する感情が芽生えた。軽はずみな思いが頭の中を駆け巡った。

きっとボクは悪くない、きっと……。

直後に廊下へ出てきた姉を見て、薄っぺらな言い訳など何の役にも立たないと気づかされる。一目見て姉の体調は理解できた。血の気が引いた顔色だった。この場合、蒼白と表現するけれど、具体的には灰白色に近いと思う。死亡直後の人間の顔を実際に見たことはないけれど、とても生きてる人間の色とは思えなかった。

愚かだと思った。大馬鹿だと心の中で自分を罵った。大好きな姉をつらい目に遭わせたのは一目瞭然だった。誰のせいでもない。ボクは姉の身体を傷付ける行為を自分勝手に続けてきたのだから、父が原因だとしても同罪なのだ。

「ああ、いてくれたんだ。ごめんネ、遅くなって。思ったより気分が悪かったの。ちょっと出血したみたいだから……」

姉はそれでもボクを気遣う。

「ごめんなさい、ごめんなさい……」

何度も何度も謝った。病院の廊下で小さな声で謝った。謝って済むことじゃないのに、他に何もできないから何度も何度も謝った。

姉はボクを抱き締め耳元で囁いた。

「もういいの、気にしないで。お姉ちゃんはこんなことでたっちゃんを嫌いになんかならないから。これからもお姉ちゃんに甘えてね」

ボクたちは念のため時間をずらして家に帰った。母美奈子は夕食の支度を整えた後、外出の準備に楽しそうで、すでに心はどこかに飛んでいた。だから姉の顔色なんて気にしていない。父の帰宅も遅くなると連絡があり、姉と顔を合せることはなかったようだ。

だからこの悪夢のような一日は、芳賀家にとっては表面上、平穏無事に過ぎたことになっている。


ボクは考えた。この世の中で誰よりも大好きな姉のことを、今までのようにただ大好きでいるだけじゃなく、責任を持って愛さなければいけないと思った。かといって、もう二人の繋がりを断ち切ることはできない。だから具体策を講じる必要がある。

姉の生理の期間をしっかり把握し、その二週間後の排卵日付近では姉と抱き合わないことにした。コンドームで避妊すれば確実さは増すけれど、姉は「たっちゃんが感じられない」と着けるのを拒むから仕方ない選択だった。

それだけじゃない。心構えも必要だ。

ボクが強くならなきゃいけないと思った。

姉は「甘えてね」と言ったけど、これからは精神的にも肉体的にも簡単にはくじけない強さを身に付けて、ボクが姉を守らなければいけないと思った。

だけど、父と姉の関係がまだ解明されてない今、ボクだけが姉の身体を気遣っても再び傷付く可能性がまだ五〇パーセントは確実にある。この問題が解決しなければ考えすべてが無意味になる。姉に問い質す以外突破口はない。そのためにあと必要なものは、タイミングとボクの勇気だ。

＊

十一月の終わりの週、ボクの十三回目の誕生日がやってきた。

ボクの無知で未熟な行動のせいで姉の胎内に宿った命は、外の世界を見ることなく消滅した。姉の人工妊娠中絶を目の当たりにして、ボクは人の出生について十三歳なりに考えるようになった。

今は少子化とか言って子供が生まれる人数が毎年減っているけれど、それでもボクと同じ年に生まれた人は百万人くらいはいるはずだ。詳しい数字は分からないけど、そのほとんどがボクと同じように、当たり前の誕生日を迎えているだろう。でも昔はそうじゃなかった。貧しい人たちは経済的な理由で、生まれたばかりの子供を間引きと称して仕方なく殺していたという。結婚してから何年も子供ができないお嫁さんは、石女《うまずめ》と言って卑しめられ、それが理由で離婚させられ失意の中自殺する例もあった。さらに逆もある。働き手として期待されて嫁いだのに、妊娠しやすく子だくさんになったお母さんは、出産直前まで働き続け、それがたたって流産の挙げ句自分自身も大量出血で命を落とすという例。

無事に生まれても障害が起こることはある。医学が発達していない時代では、小さい時に病気で死んでしまう子も多く、今はただ可愛い着物を着て、千歳飴を買って、お参りをして、家族で記念写真を撮るだけの七五三という行事には三歳、五歳、七歳まで達した子供の成長を神様に感謝したという深い意味があったことを知り、安易な考えを改めたりもした。

これらの出来事が日常頻繁に起こっていた時代がどれほど前か正確には分からないけど、新しい命が誕生することに関しては、それこそ命懸けのドラマがたくさんあったんだと思う。

三百六十五日（あるいは三百六十六日）経てば、今までは普通に歳を重ねていた自分でさえ、まだ知らないドラマがあるような予感を抱いている。

だって、父と姉がセックスしているんだから何があっても不思議はない。

父は家族の誕生日には必ず早く帰宅する。母も外出しない。その日の夕食は少し豪華になる。事前に確認した当事者リクエストの料理が食卓に並ぶ。ボクが好きなものはもちろん大体姉が調理する（母も当然手伝う）。

そしてボクのリクエストは毎年決まっていた。それは姉の作るミートソースのパスタ「ボロネーゼ」とケンタッキーフライドチキン風鶏の唐揚げ。完璧にボクの好みを反映しているので味は言うまでもなく天下一品だ。

午後七時、セレモニーは始まる。

すぐには食べないけれど、とりあえず食卓の真ん中に直径が二〇センチメートルくらいの丸い大きなバースデーケーキが置かれる。それはイチゴのショートケーキ。単純でありきたりだけど、ありきたりなだけ生クリームやスポンジケーキ、イチゴなど、素材一つ一つの美味しさが要求される。姉が社会人になった年からは仕事帰りに必ず目白にあるケーキ屋さんで買ってくる。そこは有名なお菓子職人（今はパティシエと言うらしい）のお店で、ショートケーキの中身は大きなイチゴの層二段で構成。スイーツ系はあまり得意じゃないボクでも自然に食が進む。イチゴのシロップを染み込ませたビスキュイを使ったケーキの口溶けが繊細ですごく美味しい。

家族の誕生日のテーブルの上にはもう一つ普段の食事にはない特別なモノが置かれる。この特別な日を彩る定番アイテムなのだが、三年前からはボクの心の中を騒がせるアイテムにもなった。

「フラワーショップ・ミーナ」から届けられるフラワーバスケットだ。当然季節ごとに内容は違うが、ボクの誕生日用は椿の花だ。赤、白、ピンクの三種類ある花弁の色の濃淡を利用して、色が連続して変化しているように見える配置で埋め尽くされている。悔しいけれど見事としか言いようがない。花言葉「控えめな優しさ」の由来、椿の花に香りがないことで、食材ではないこの贈り物は、邪魔者扱いされずに、皆を和ませてくれる。佐東信也の評価が上がるのは悔しいが、彼のプロの腕前に敬服するしかない。


けいふく【敬服】うやまって従うこと。感心しうやまうこと。


一三本のローソクに火を灯して、部屋の照明が消される。みんなの顔が杏色に輝く中、ボクは一気に炎を吹き消した。三人からおめでとうの掛け声と拍手。姉が再び照明を点ける。そしてケーキは一端主役の座を離れ、冷蔵庫へと向かう。

「今年はすごいな、吹き方が力強かった。身体が丈夫になった証拠だな」

「うん」

父は毎年必ずボクの成長を喜ぶセリフを過不足なく端的に吐く。去年までのボクは素直に応えていた。だけど今年は違う。違うのは父ではなくボクの思い。毎年父は無表情だった。その意味が少し分かったから、熱を持った声の張りとは裏腹に、ボクの心の中は至って冷ややかだった。

毎年恒例、その後は母美奈子が場を盛り上げる。この日は食事中の私語も自由だ。ボクの成長に対して最初は父に意見を求め、続いて姉めぐみに向ける。姉はボクに同意を求め頷くとまた母が違う話題を引き出す。すると自然に会話が途切れることなく続いていく。

毎年、誰の誕生日会でもその繰り返し。でもそれはまったく嫌いじゃなかった。思えば伝統芸能の様式美のような流れだけれど、大好きな光景だった。

ようしき【様式】ある範囲の事物・しかたに共通に認められる、一定のありかた。㋐芸術作品を特徴づける統一的な表現形式。「ビザンチン―」▽style の訳。㋑文芸における作品の種類。「詩の―をとる」▽フランス genre の訳。㋒〔哲学〕物の存在・行動のしかた。▽mode の訳。

何度も言うけど、今年は違う。その意味も少し分かってきた。本当の家族は歌舞伎や能や狩野派の絵とは違う。ボクの受け答えは去年と変わらないけど、心の中は去年までとはまったく違って素っ気ない。
今年の家族四人の集合写真も笑顔は溢れていた。

＊

ボクの部屋の花瓶には薄い紅色のスイートピーが生けてあった。十二月（冬）には毎年定番の花なのに、その花弁の色は控えめで部屋中を覆う香りも控えめだから、気づくのが遅れてしまった。姉は毎週「フラワーショップ・ミーナ」に立ち寄るから季節の変わり目をしっかり感じて生活している。それに比べ、ボクは普段街の賑わいを避けているから、クリスマスモードに突入した世間にすら無頓着な時がある。毎日を惰性で生きているような気がして、そんな自分が毎度のことだが嫌になる。とはいえ、ボクの住む街は北海道・東北地方や日本海に面した県のような驚異的な積雪を記録するほど極寒ではないから、秋と冬の境目の感じ方が人それぞれ違うようだ。

テレビを観ていると、地球温暖化の問題は定番の話題になってはいるが、新鮮さは失われていると感じる。ＣＭは〝地球にやさしい……〟なんていうキーワードを掲げて二酸化炭素の削減を訴えてはいるものの、世界規模で見れば、遅々として進んではいないようだ。結局今のところ、冬の平均気温も三十年前より何度か上がっているから、大人の人は昔に比べるとずいぶん暖かいと思っているはずだ。

そんな世間話を並べても、昔を知らないボクの身体は夏同様、極端な温度変化のあるこの季節も毎年苦手なのは言うまでもない。

でも今年は違っていた。

冬が来るのを恐れて身構えていた去年までの自分を忘れていた。忘れてしまうほど中学最初の二学期は、いろいろな出来事に遭遇した。

膣内《なか》で射精したことを許してくれた初めての時から、もちろん姉は大きな存在だった。強引に迫ったり、時には呆気なく崩れてしまったりと、極端で自分勝手な行状を、姉は何も言わず受け入れてくれた。心も身体も姉には敵わないと思っていた。ところが今抱き合っている姉はとても小さく感じる。確かに身体の成長という物理的な原因もある。この三か月で身長は急激な伸びを見せ、いつの間にか一六二センチメートルの姉を抜いていた。柔らかく豊かな胸があっても、今では背中まで何なく両手で包み込めるようになっている。でもそれだけじゃない。ボクは考え方を改めた。姉のめぐみは、思うほど精神的に強くて肉体的に逞しいわけじゃない。本当は小さな人間なのだ。か弱い女の人なのだ。

そんな彼女を、大好きな姉を、自分の手で守りたいと決意した時から、心の中に大きな木の根っ子のような強い何かが張り巡らされた。そうしたら自然に身体が弱音を吐かなくなった。ボクはこの諺を体感する――〝病は気から〟。

病は＝気（き）から〔＝気より〕病気は気の持ちようで、重くもなるし軽くもなるということ。（『故事・俗信ことわざ大辞典』小学館 より）

大人の人、特に中年や高齢の人に比べたらまだまだ未熟者の感は否めない。でも高望みはせず、過去の自分と比較して考えれば確実に強くなったと思う。何度も錯覚し、挫折もしたけれど、今度こそ。

芳賀家毎年恒例の、忘年会とクリスマスを兼ねた年末パーティが、いよいよ今週末に迫った木曜日、ボクの二学期は無事終了。父が勤める私立の学校も、年内の行事がほぼ片付き、都内のホテルで教職員の忘年会が行われるため午後三時に家を出ると帰ってこない。そして父のいない日は母もいない。午後五時に出掛ける時、帰りは不明と笑顔で叫んで背を向けた。テニスサークルの年末大カラオケ大会だそうだ。過去のデータで推測するとほぼ朝帰りは確実だ。

姉に予定はなく、普段通りボクのそばにいる。だから二人は夕方から抱き合うことにしていた。姉は（妊娠の可能性がある）危ない日ではない。誰のことも気にしないで、何も考えないで、一晩中繋がっていようと思った。言い出したのはボクだけれど姉は反対しなかった。

カレンダーの予定欄に〝セックスする日〟なんて書き込むことはない。でもそれが事前に決定している。そんな夢のような現実に少年の心は躍った。母が玄関ドアを閉める音と同時に姉に抱きつき、唇を求め、唾液をねだった。

予め入れておいたエアコンの温度設定は普段よりも一℃上げてある。二つの窓にある、外側の白いレースと、内側のヒスイ色の厚手のカーテンを外からは何も見えないように真ん中の位置できちんと閉じた。ドアの鍵も掛けた後、二回締まり具合を確かめる。そしてボクたちはお互いの着衣を忙しく脱がせ合い、全裸になった。

いつもの柑子色の小さな灯りじゃない。丸い白色の蛍光灯が二つ、明るく輝いているその下で見る姉の肌は、透き通るように白くとても眩しかった。最初は立ったまま抱き合った。ボクの両腕は姉のそれらより高い位置で彼女の身体を包み込む。背骨の窪みを指でそっとなぞってみるとわずかな震えを感じる。おもむろに身体を離し、成熟しているのにとても細い全身を舐めるように見回す。照れて俯く姉を再び強く抱き締める。重ねた胸の間できれいな円の形に潰れる大きな乳房を通して、姉の鼓動がボクの高鳴りと同調した。キスをする。舌を絡める。唾液を与えあう。そして二人は膝をつきゆっくり倒れ込む。

自分でも驚くほど冷静で、動きも滑らかだと感じた。繋がることに今は何の焦りもない。その前に舌で姉の身体中を舐め回してみた。何も味はしない。でも白い肌が小刻みに震えて次第に珊瑚色に染まってきた時、沸き立つ姉の香りがボクの嗅覚を刺激して、分身は昂り過熱した。それでも挿入後すぐには射精しなかった。〝女の人の中はやりすぎるとゆるくなる〟とか宮脇大輔は知ったかぶりをしていたけれど、姉の中はまったく変化を感じず、逆に締まり具合を強くしたような気さえする。それは分身に接する膣表面だけから受ける圧力ではなく、性器から遠くにある姉の姿を形作っているすべての細胞一つ一つが連動して、深く大きく柔らかな力の波を結集させているようだった。受け身だった姉の行動も、積極的になってきた。甘受が享受に変わっている。ボクの腰に両脚を強く絡め、分身の先端を体内の一番奥深くへ導こうとする。だから必死に我慢する。姉が幸せでいられる時間を少しでも長くしようと必死に耐える。水に小石を投げる音が始まり、その表現もすぐに当てはまらなくなる。小石の数は増え、それらが呼応して激しく弾ける音がする。姉は喘ぎ始めると、強者には遠く及ばない持続力が最初の終わりを仄めかす。それでも湯船に浸かる幼児のように、一〇〇まで数えるつもりで耐えていた。しかしその修業は容易にはなし得ない。顔を緋色に染めて鬼の形相で踏みとどまる覚悟も、五〇を過ぎたところで意志に関係なくほとばしりは始まった。なぜなら甘く、切なく、そして激しい絶叫がボクのすべてを打ち砕いたから。

最初が終わっても、二人の液体は溢れ続け絡み合う。水が激しく弾ける音も静まりを見せない。二人はどんな音を聴こうとも、離れないでいた。

「お姉ちゃんはたっちゃんがこうしている時一番幸せな気持ちになれるの」

姉はいつものセリフを口にした。

「他に幸せになれることはないの？」

「う〜ん、あとはたっちゃんが毎日元気に学校に行くこと」

「他は？」

「ないかな」

「お花屋さんに行く時は？」

ふと佐東信也が頭に浮かんだ。

「う〜ん、佐東さんに会うのも楽しいけれど、たっちゃんと一緒にいるほうが一〇〇万倍幸せかな。でもどうしてそんなこと聞くの？」

「だってお姉ちゃんすごくきれいなのに好きな人いないわけないと思ってさ……」

「うふ、ばかね。お姉ちゃんの恋人は芳賀達哉くんだけ」

姉は瞬きもせず、戯けた表情でボクの顔を覗き込んだ。照れて思わず目を逸らしたけれど少し安心した。姉に勇気を貰えた気がした。

「ボク、お姉ちゃんにずっと前から聞きたいことがあったんだ」

「な〜に？」

姉は柔らかな微笑みでもう一度ボクを見つめ返した。

「……」

迷いのない姉の瞳に一瞬戸惑った。でも止めようとは思わなかった。

「お姉ちゃんはどうしてお父さんとあんなことしてるの?」

姉は少し身体を離して目を丸くした。

「ボク、見ちゃったんだ。お父さんと書斎でしてるとこ……」

姉はゆっくり目を伏せた。

「そう、見ちゃったんだ……」

ボクの顔を自分の右肩に寄せ、耳元でそっと呟くと、両腕で背中を優しく包み込んだ。

「お姉ちゃんは前にも妊娠したことがあるでしょ? それはお父さんの子じゃないの? お姉ちゃんはどうしてお父さんとセックスしているの?」

ボクは姉の背中に向かって質問を続けた。胸の鼓動が大きくなる。姉の鼓動も強くなる。二人の鼓動は共振し、さらに激しくなる。一分くらい沈黙があった。お互いの鼓動が聴こえる。その後両手で再びボクの顔を正面に戻すと、真っすぐボクの瞳を見つめ、姉はゆっくり口を開いた。

「たっちゃんの言う通り、お姉ちゃんは昔お父さんの赤ちゃんを妊娠したの。二度あって、二人目は中絶したけど、初めの子は中絶できなくて産んじゃった」

「今その子は？　初めの子はどうしてるの？」

「何とか元気に育ってる」

「今どこにいるの？」

　矢継ぎ早の質問に姉は少し慌てていた。

　姉の視線がゆっくり部屋の中を一周する。

　ボクの視線は姉の瞳の動きを追った。そして戻ってきた視線はまた動かなくなった。焦れて答えを急かそうとした時、姉の口元が柔らかい微笑みの形に変化した。でも、目は悲しそうだった。

（！）

　今度はボクの胸の鼓動が単独で暴走を始めた。嫌な予感を察知してしまった。

「お姉ちゃん……？」

　返事はなかった。再び強く抱き締められ、次の瞬間耳元で囁いた姉の言葉で胸の鼓動は突然止んだ。

　ボクは音のない世界へ引きずり込まれた。

＊

「妊娠した最初の子は、今お姉ちゃんの目の前にいる……」

体育館のようにすごく広くて、天井の高い場所の片隅に立ち尽くしていた。どこからか薄明りが差していて、辛うじて辺りの様子は見渡せる。真冬の雪の中にいるように無音で空気も揺れない凍えるような寒さだった。そのど真ん中に一つ、一人しか座れないソファが置いてある。ボクは酷く疲れていて這いつくばりながら、その場所に辿り着いた。やっとの思いでソファに身体を沈めると、突然正面が明るくなり、大きなスクリーンのような白い布に何かが映し出された。

それは幼い日のボクの姿だった。

お宮参りの写真。抱いているのはセーラー服姿の姉。七五三の写真。右手に千歳飴を持ったボクの左隣には姉がいる。姉の表情はまるで美少女アイドルの笑顔だった。

小学校の入学式。姉も和服を着て出席し、しっかりボクの隣にいた。

ボクの隣にはいつも姉がいて、父と母はその周りを囲んでいるだけ。しかも無表情。ボクはすべてを理解した。

いや、まだすべてじゃない。

十年ちょっとしか生きていない人間が、この世のすべてを知っているはずないのだから、家族の問題だってそう単純ではない。でも、次の二つだけは理解できた。

めぐみは、本当はボクのお母さんだった。

姉が示した弟への異常な執着も愛情も、母だと思い込んでいた美奈子の冷たさも、これで納得がいく。

そしてもう一つ。

ボクたち家族は決して〝アットホーム〟なんかじゃない。すべてデタラメだ。


「ごめんね、たっちゃん……」

目を開けると、心配そうに姉が覗き込んでいた。時計を見ると、射精をしてから一時間が過ぎていた。分身は清々しい空気に包まれ正常な大きさに納まっていた。

「うん、大丈夫」

時計に向けた視線を戻し、返事をした。何に対して謝っているのかよく分からないし、大丈夫だと胸を張れる精神状態でもないけれど、いつもの柔らかな笑顔が見たくて、ボクは無理をした。

「気分は？」

「平気だよ」

「たっちゃん、聞いてくれる？」

「うん……」

「……お父さん、病気なの」

「何の病気？」

「心の病気」

「心の病気？」

「そう、それでね、お姉ちゃんがお父さんとセックスしてその病気を抑えているの」

姉の口が滑らかに動き出した。

「どんな病気なの？」

「お父さんは少女に激しい性的な欲求を抱いてしまうの」

ボクはある言葉を思い出した。

「つまりロリコン？」

「簡単に言うと、そういうことかな」

少女性愛嗜好や恋愛感情、またはそれらを持つ人たちを示す言葉（ロリータ・コンプレックス）で、ロシア人作家の小説に由来する和製英語だと何かのテレビで知った。

「ロリコンて病気なの？」

「ううん、そのことは病気じゃない。お父さんは学校の先生という立場で、次第にその教育方針が世の中に広く知られるようになって、著名な教育者という肩書きを付けられた。でも、いつの頃からか目の前にいる可愛い教え子とセックスしたいという衝動が激しくなり、現実になってしまうのを恐れてた。だからとても悩んで心の病気になったの」

「本当にやったら犯罪だよね」

知っている。強制性交罪だ。相手が未成年者だから児童福祉法にも抵触する。

「そうよ、本当にセックスしたらお父さんは犯罪者になって警察に逮捕されてしまう。そうなったら私たちは生活できない。だから家にいるお姉ちゃんを相手にしたの。『めぐみが私の苦悩を解消してくれ。それが家族のためにもなるし、日本のためにもなるんだ』って。言ってることの全部を理解したわけじゃないけれど、一生懸命お願いされたから、お姉ちゃんもウンて返事をしてしまったの」

「それでボクを妊娠したの？」

「そう、お姉ちゃんはただ相手をすればいいと思っていたから、生理のことも知らなかったし、初潮もまだなかった。最初の排卵で受精しちゃったから一度も出血しないままたっちゃんを妊娠したの。お父さんのしていることが赤ちゃんのできることだなんて分からなかったから、気づいた時にはもう中絶できる時期が過ぎちゃった。でもお姉ちゃんは気づくのが遅れてよかったと思った。自分のお腹の中に赤ちゃんがいるのに無理矢理死なせるなんてイヤだもの」

「自分の本当のお父さんの子供を妊娠して、何も不安はなかったの？」

「障害児になる確率が高いって言われたけどあなたは無事生まれた。たとえ障害児であっても大切に育てようと思ってたから、全然不安じゃなかったな」

「お腹の傷は？」

「気づいてた？　帝王切開の傷あと。まだ骨盤が十分発達していなかったから、普通分娩で出産できなかったの」

「それで、その後も？」

「うん、たっちゃんが三歳の時、その時はすぐ分かった。そうしたらお父さんも気づいたから、中絶させられちゃった……」

「その後は？」

「その後はないわ」

「でも、お父さんとはそれから今までずっと続いてたんでしょ？」

「うん……」

信じられない真実を冷静に聞いていた。デタラメな家族を理解した今は姉の言葉が素直に聞き入れられる。聞き入れられるけど、想像もできなかった。厳格だと思っていた父がたとえ病気だとしても、少女漫画ばかり見ているクラスメートの中学一年生の男子と同レベルかそれに近い心の持ち主だなんて……。

それにしても納得できない。

「おかしいよ。どうしてお姉ちゃんがお父さんのために犠牲にならなくちゃいけないの？」

「犠牲になってるわけじゃない。お父さんは教育界では優秀で必要な人間なの。だからお父さんが活躍している間はお姉ちゃんがサポートして助けてあげようと思ってるだけ」

一歩間違えば犯罪者になる可能性のある人間が、本当に社会に必要なのだろうか？

めぐみがなぜ幸せじゃないことをしてまで父をかばうのか、理解できなかった。

「でも、お姉ちゃんはもう二十五歳だよ。どうして今でもお父さんの苦悩とかいうものを解消できるの？」

「それはお姉ちゃんが幼い顔立ちで、歳よりも若く見えるからなのかな」

その言い訳はあながち嘘ではないと思ったけれど、やっぱり一〇〇パーセントは納得できない。

新品のスポンジが勢いよく水を吸い込むように、めぐみの弁明が頭の中にどんどんどんどん染み込んでいく。めぐみの口から出る言葉はどれも致命的なパンチなのに、避けることも防御もしないですべてを浴びた。次第に心が重くなる。水を大量に含んで重くなったスポンジのように、心の位置は身体の下のほうで今にも千切れそうに力なく垂れ下がる。崩れてしまいそうな思いを振り絞って、小さな反発心を奮い立たせたけれど、状況は何も変わらなかった。どうしたらいいのか分からなくなって、めぐみに甘えてしまった。その後めぐみの中で三回果てた。本当は姉じゃない。本当は母親だけど、今さら〝お母さん〟なんて呼べない。頭の中が空っぽのままめぐみを求めた。ごめんなさいと謝りながらまた求めていた。めぐみは終わるたびに幸せだと言ってくれた。ぼくもめぐみの言葉に癒やされて幸せな気持ちになってしまった。

結局、一晩中繋がっている予定は果たせなかった。姉がエアコンを切ると疲れ果てた二人は同じ布団の中で裸のまま抱き合って眠り、気づいたら朝が来ていた。この冬一番の冷え込みにもかかわらず、お互いの体温が気づくのを遅らせていた。

＊

四人は都内にある目的地に向かっていた。

芳賀家年末恒例のパーティは、ぼくとめぐみの関係がより深くなって、父とボクとめぐみの本当の繋がりが明らかになっても予定通り行われる。ボクがこの家族の歴史の真実を一部知ってしまっただけのことで、予定が変更になる理由は何もない。このスタイルで何事もなく回っている現状を変えるだけの体力も気力もお金も勇気もないし、第一方法が分からない。

芳賀家にも人並みに自家用車はあるのだが、家族全員で外出する時は、旅行同様公共の交通機関を利用してきた。基本的にお酒を飲まないめぐみも運転免許を持っているので、飲酒運転の心配はない。もちろんカーナビゲーション付きで渋滞情報も分かる。それなのに使わない理由は、父が時間が読めない道路事情を極端に嫌うから。昔、政府が主催の大きな教育者会議に、短い距離だからと誰にもそのことを告げずに自家用車で向かい、渋滞に巻き込まれ大遅刻をしたそうだ。それは時間にも人一倍厳しい父の、ボクが聞いた唯一の失態だった。ほんの些細な理由では予定の変更を許さない厳格な父は、プライベートでも決して気を緩めないのだ。

東京メトロ有楽町線永田町駅の四番出口を出て北へ進むと、今年のパーティ会場の店が入居するビルが左手に見えた。ビルの五・六階にある中華料理（正確には中国四川料理というらしい）の店。かつては六本木に店を構えていて、その当時から母（本当は母ではなく美奈子。以後美奈子と記す）がリクエストしていたのだが、父や姉（本当は母。以後めぐみと記す）の会社の忘年会で利用するなど重複するのを嫌い今年にずれてしまった。個室を希望したのだが個室予約は八名からだと言われてしまった。どうしてもここにしたかった美奈子は、ならばなるべく静かな席をと無理にお願いして、家族の了解を得て今日に至る。そこは、ボクが生まれるずっと前にテレビ番組で「中華の鉄人」と言われた、すごい料理人がやっているお店だそうだ。因みにその料理人のお父さんは、エビチリソースを発明した人だと、美奈子は得意げに話した。

でもエビチリはあまり好きじゃないので、ボクはただ笑顔で相槌を打った。

テーブルに色の濃い料理が何品も揃い始めると、父は美奈子からグラスにビールを注がれ、父は美奈子に甕《かめ》出し生紹興酒を注いだ。ボクがめぐみのグラスにウーロン茶を注ぎ、めぐみがボクのグラスにコーラを注ぎ終わるのを確認して、父は年を締めくくるスピーチを始める。

「今年も一年、何事もなく皆健康でいられて本当によかった。達哉も背が伸びて、少し身体が丈夫になったようだしな。この調子で来年も無理をしないでもっと体力を付けて、勉強も運動もがんばれ。母さんは今年も変わらず家庭を守ってくれてありがとう。めぐみも達哉の面倒を見ながら、母さんをよく手伝ってくれて本当にありがとう。今日は少し高いけど美味しいものを奮発した。遠慮しないでどんどん食べなさい。それじゃ乾杯」

みんなの「乾杯」の声が続き、ボクはめぐみと、父は美奈子とグラスを合わせる。周囲のテーブルから聞こえる声を少し騒がしいと感じたけれど、どれも明るい雰囲気に包まれていたので、気にしなければまったく耳に入らなかった。低く通る父の言葉もよく聞こえた。でもよく聞こえれば聞こえるほど、言葉からは想像できない父の行動が胸を苦しくさせる。怒りのようなものが込み上げてくる。めぐみとグラスを合わせた時、少し力が籠ったのを父は気づかない。

父と美奈子は和やかに談笑している。父はめぐみに製薬会社での仕事ぶりを質問している。美奈子が期末テストの結果を受けて「数学をもう少し頑張りなさい」とボクを激励し、「無理はするなよ」と、父が目を見て、普段よりも感情を込めてフォローする。ボクは今まで通りに返事をした。何も知らない時と同じように感謝の気持ちを表情に出して応えた。でも心の中では次第に怒りが込み上げてきた。今度は〝ようなもの〟じゃない。今はまだ父のことしか分からないけど、きっと他にもデタラメな秘密があるはずだ。めぐみにボクを産ませた美奈子もきっとデタラメな何かを隠している。父にだってまだ何かあるかもしれない。デタラメだらけのこの人たちに対抗するためにはもっともっと身体も心も強くならなければいけない。ボクは目の前にある麻婆豆腐を頬張った。スープの中のフカヒレを頬張った。和牛サーロインの赤唐辛子炒めを頬張った。コーラを何本も飲んだ。そしてご飯もおかわりした。

＊

三百六十五日の一年もあと九日。お正月までにやるべきことは、自分の部屋の掃除くらい。整理整頓は普段からマメにしているので基本的にはあまり散らかってはいない。しかし今年は自慰行為のオカズとして買った漫画雑誌が二〇冊溜まってしまった。今はその出番もほとんどなくなり、読み返すつもりもないので、名残惜しいがグラビアアイドルの写真だけを切り抜いて年末ゴミとして捨てることにした。

この時期のテレビは、どのチャンネルもレギュラー番組をお休みして視聴者受けしそうなスペシャル番組ばかりを放送している。お笑い芸人が出演しているバラエティーが多いので、毎年結構楽しんでいた。どんな内容かはその時のお楽しみだけれど、物心付いた頃から行われていた漫才コンテストは、振り返れば冬休みが来るのを楽しみにさせてくれたイベントの一つだった。

一旦終了した後のコンテストは十二月上旬の放送が多くなったから、二学期末試験後の楽しみとして場所を移したけれど、年末を実感させる必須アイテムには変わりない。

最近目立つのは、その年に放送して視聴率の高かった連続ドラマを一挙に放送するというもの。ＢＳや有料チャンネルではよくあるものの、地上波では珍しい。年末ならではの番組編成だ。ドラマも嫌いではないので、見逃したものをここで補填したり、リアルタイムで観たけれどもう一度観たいと思っていたドラマを再観賞したりと、午前中からテレビ三昧だった。もちろん、地上波以外も予定に加える。美少年系アイドルが好きなめぐみの影響でアイドルが主演のドラマも最近はよく観るようになり、時間が合えばめぐみも時々一緒だった。そんな状態だから身体を動かす機会もなく、夜遅くまで眠くならない。めぐみとの営みは依然継続中だけれど、生活の一部として習慣化しているから、もう疲れ果てることはない。

美奈子は今夜も出掛けている。何かのサークルの忘年会だから帰りは明日の朝だろうとめぐみは言った。ボクも同感なのでもう気にはしなかった。

夜中の十二時過ぎ。めぐみは隣で寝ていたけれど、ボクはテレビにヘッドフォンを繋いでだらだらと深夜番組を観ていた。少し喉が乾いたので、何か飲んでそろそろ寝ようと思い階段を降りると、リビングが明るく、人の気配がした。

「ちきしょう！　さんざん貢いでやったのに、あの男あっさり乗り換えやがって」

美奈子の声がして、直後テーブルを叩くようにグラスを置く音がした。今まで聞いたこともない語気、言葉遣いで怒鳴りまくっている。半年前までなら、夜外出した彼女との再会は必ず翌朝で、いつも楽しそうだった。その実績から判断すると、今夜は何か嫌なことがあって、早く帰ってきた可能性が大きい。

「おかえりなさい」

そっとリビングに入って、恐る恐る美奈子に声を掛けた。部屋中にお酒のにおいが充満している。彼女は缶ビールをグラスに開けて飲んでいた。テーブルの上には三五〇ccの空き缶が一つ横に倒れていて、その横に倒れていない缶が二つ並んでいた。

美奈子の顔は全体が病的な薄紅色に染まり、金色のラメが入ったアイシャドウは煌めきを鈍くしてくすんでいた。映えるはずの真っ赤な口紅も艶を失って自己主張は控えめだった。いつもきれいにセットしている栗色の髪は激しく乱れ、浮き上がっている。目の吊り上がった表情を合わせると、まるで見た者をすべて石にしてしまうギリシャ神話の怪物メドゥーサのようだった。

「お母さん、そんなに飲んだら身体に良くないよ」

「あれ？　達哉、まだ起きてたの？」

最初に掛けた声は聞こえていなかった。

「うん、ちょっと眠れなくてね」

ボクは口元に笑みを浮かべて答えた。

「最近お前の身体の調子はどうなの？」

その言葉に感情は込められていない。

「今は何ともないんだ」

ボクも無表情で返した。

「ふうんそうなの。あなたに冷たいお母さんを達哉は心配してくれるの？」

美奈子は、普段ボクと距離を置いている自分を〝冷たいお母さん〟と表現した。芳賀家の真実を垣間見るまでは、家族のために持ち得る能力を絶えず発揮し続ける美奈子を尊敬していた。忙しすぎてめぐみにボクの世話を任せっきりにしていると思い、すべてを受け入れ納得していた。〝冷たい〟の言葉はボクに対する過去の振る舞いを弁解するものではない。

　美奈子は今ある自分の感情を何のわだかまりもなく素直に言葉に乗せる。だから断言できる。美奈子はずっとボクを嫌い、冷たくしていただけなのだ。

「一緒に暮らしてる家族なんだ。ボクのお母さんなんだから心配するのは当たり前じゃないか。それに冷たくしているなんて全然思ってないよ」

　ボクは感情を込めた。でもその感情は本物じゃない。心の中に微塵もない言葉を口にした自分に驚いた。

「へえ、優しいじゃない。達哉はずいぶん大人なんだね」

　機嫌が悪い美奈子は、ボクの優等生的な物言いが気に入らなかったようだ。

「あんたの優しさを裏切るようで悪いんだけどさあ、達哉は本当はあたしの子じゃないんだよ」

　勝ち誇ったように言い放つ。何か嫌な目に遭った腹いせの矛先がボクに向けられ、八つ当たりをしているようだ。そんな時にあっさり口走るほど軽い内容じゃないのに、美奈子にとってはいつ暴露してもいい隠し事だったのかもしれない。一瞬胸の鼓動が大きく波打つ。

「本当の子じゃないって?」

「お前はあたしの子じゃないんだ。本当は大好きな姉ちゃんの子なんだよ」

「……」

どうだいと言わんばかりに美奈子は美味しそうにタバコの煙を目いっぱい吸い込み、天井に向かってゆっくり吐き出した。

「知ってたよ……」

そう言ってボクは俯いた。

「えっ？　そ、そうなの？」

冷静を装いながら美奈子はうろたえ、慌ててタバコを揉み消した。

「ボクの本当のお母さんじゃないけど、お母さんはお姉ちゃんの本当のお母さんでしょ？　だったら無理しないで」

自分は無理をしていた。強がって見せていた。美奈子は無言でボクを見つめていた。本当は悲しくて泣きそうだった。めぐみの告白は嘘であってほしいと一〇〇万分の一くらいの確率で願っていた。でも確実に真実だと分かって涙の準備は整ってしまった。

「じゃあ、寝るね」

部屋を出る背中に向かって美奈子は言った。

「そう言えば達哉、お父さんも言ってたけどずいぶん背が伸びてカッコよくなったね」

美奈子の別の感情が少し見えた気がした。

＊

次の日の夕方。街中はクリスマスイブ。でも芳賀家は特に何もない。めぐみが帰宅する前に廊下で美奈子の声が聞こえ、直後部屋のドアをノックした。ボクの洗濯物はめぐみが自分の物と一緒に洗ってくれるし、掃除はめぐみかボクが不定期だけどまめにやるから美奈子は部屋に来る理由はない。ということは何かが起こる気がする。

「ふうん、久しぶりに覗いたけど、結構きれいにしてるんだね。さすがお姉ちゃん、イイ匂いの花を飾ってるねえ……」

美奈子の口元が意味深な緩み方をした。

いみしん【意味深】の解説「意味深長」の略。俗な言い方。「意味深な目つき」
いみしんちょう【意味深長】ある表現の示す内容が奥深くて含みのあること。表面上の意味のほかに別の意味が隠されていること。また、そのさま「意味深長な笑みを浮かべる」
（goo 国語辞書 https://dictionary.goo.ne.jp/word/ より）

「どうしたの？　お母さん。何か用？」

平静を装ったけど、少し身構えた。

「達哉の言う通り、これからは身体を大事にするよ。だからさあ、あたしのお願い聞いてくれる？」

「何、お願いって？」

「あたしにも少しお裾分けくれないかな」

「お裾分けってなんなの？」

ボクには意味が分からなかった。

おすそわけ【お裾分け】よそからもらった物や利益を、更にほかに分けること。その分けたもの。「―にあずかる」

「お前がめぐみと抱き合った時、めぐみにあげてるものだよ。二人はイイ関係なんだろ？　本当の親子なのに、いけないことしてるよねえ……」

美奈子は自分が好きな時代劇ドラマの悪代官のように笑った。胸の鼓動が大きな振幅で二度打った。ごまかそうとしても明らかにうろたえている。どうして？　いつも出掛けているから絶対にバレないと思ってたのに。

「どうしてそれを知ってるの？」

「やっぱり図星だったんだね。女の勘は鋭いんだよ。生理が始まってからもう二十五年以上女をやってるから艶っぽい気配には敏感でね。ちょっと前から達哉の身体から女のにおいが沸き立ってた。セックスのにおいがね。お前は部屋に引き籠ってるから、相手はめぐみしかいないだろ？」

　美奈子は得意げに、また悪代官の笑いを浮かべた。

「いつから気づいてたの？」

「いつからかは覚えてないけど、かなり前かな。まあ、みんな普段の生活に変わりはないし、あたしは夜遊びで忙しかったから、全然気にしてなかったけどね」

　呆然として何も言えなかった。

「お父さんには内緒にするし、もちろん誰にも言わないよ。ただベッドの上であたしの相手をしてくれればいいんだ。ただし言う通りにしてもらうけどね」

　美奈子は、これからは近所付き合い以外の夜遊びは一切やめると宣言した。理由はボクを夜遊びの代用品にするから。その夜遊びというのは、若い男の人たちが、お客の女の人相手にお酒を飲むホストクラブという所に行って気に入った男の人（＝ホスト）のためにたくさんお金を遣うこと。例えばその人の店の売り上げをナンバーワンにするために高いお酒を注文したり、高級腕時計をプレゼントしたり、店以外でフランス料理をご馳走したりすること。

　でもそれらは前置きで、美奈子の最終目的はその相手とセックスすることだった。

＊

十二月二十五日。二千年以上も前に、イエス・キリストが生まれたとされる特別な日がボクにとっても忘れられない一日になる。

白いレースのカーテンは、まだ空の上で仕事をしている太陽の光を浴びてキラキラ輝いていた。父は年末の雑務とかで学校に行き、めぐみはあと二日会社が営業しているので出勤中。もちろんまだ帰宅する時刻じゃない。

ボクは美奈子の寝室にいる。初めて入る彼女の部屋は殺風景だった。まるで引っ越してきたばかりのように、鏡台やタンスが床の直線に対してきちんと平行に置かれていた。無駄な物が一切なく、ここで彼女が暮らしている証しが何も見つからなかった。多分、実際にいた時間も短いのだろう。

父賢一と美奈子の部屋は別々だけど、真ん中にある扉で繋がっているので自由に行き来ができ、お互いのコミュニケーションは取れる。それぞれの部屋に一つづつ大きなベッドがあるのは、就寝のタイミングが違う相手を気遣ってそうしていると聞いていた。でもそれだけじゃなかった。寝室を分けている意味は、お互いの趣味嗜好を邪魔されないためなのだということをボクはこの時理解した。

かつてこの家の中で知らない大人を見掛けたことはないけれど、きっと何人も連れ込んでいたのかもしれない。

ボクもその内の一人になる。

今日、美奈子とセックスをする。

そして以前めぐみがある薬を手渡して口にした言葉を思い起こし、改めて驚愕する。予言通り〝お姉ちゃん以外の女の人〟とのその瞬間《とき》がやってくる。まさかこの事態をめぐみは予測していたのだろうか。大好きなめぐみの言葉は有無を言わせず絶対になった。だから美奈子の部屋に行く三十分前、言い付け通り手渡された錠剤を三粒飲んだ。すると「元気が出る薬」では続けていても実感しない身体の変化がすぐに現れる。全身に力が漲り身体が熱くなってくる。これから何をされるか分からない不安感が徐々に解消されていく。

美奈子はベッドの上でタバコをふかしながらボクを見ていた。化粧もしっかり施してある。濃いにおいが鼻に付く。やる時は真剣に形から入るようだ。薄手なのに細かい刺繍やフリルがふんだんに施されているキャミソールの鮮やかな葡萄色が目を引き、透けて見えるその奥には同じ色であろう光沢のあるシルクの下着が覗く。ブラジャーは明らかに乳首の位置が確認できる設えで、股間を覆うショーツも右膝を立てているせいで、形状や透け具合が惜しげもなく露わになっている。きっと夜ホストクラブで好みの若い男の人をゲットした時は、ラブホテルという場所のベッドの上で、いつもこんな感じで品定めしていたのだろう。美奈子はおもむろにベッドから降りボクの前に仁王立ちした。身体の曲線はめぐみと同じようにはっきりしていて滑らかだけど、歳を多く重ねている分圧倒的な威圧感を漂わせている。すごく出て、すごくくびれて、またすごく出ている。ブヨブヨな醜い贅肉はまったくない。テレビを観ながらゴロ寝してポテトチップやアンパンを食べているようなおばさんたちと違い、自分の肉体を武器に遊んでいたお陰でそんなモノがこびりつく暇はなかったのだろう。その辺は逆に敬服した。

それでも、ほのかに気になる同級生さえまだ一人しかいない十三歳には、四十歳の女の人を好きになる対象として考えるにはいささか無理がある。ただし大人の男の人の恋愛対象として、彼女が完全に「若い」という部類に含まれることにはいささかの反論もない。大人の女として現役真っただ中の美奈子が、本当はお祖母ちゃんなのだからにわかには信じがたい。

「全部脱いで！」

そう告げると、美奈子は再びベッドに戻りタバコをふかし始める。

返事もせず、美奈子の言葉に従った。恥ずかしい気持ちはまったくない。めぐみの前で何度も晒している習慣は、相手が替わっても違和感なく、しかも迷いなく進められた。羞恥心の感覚がこの歳で麻痺している。彼女はボクの身体を上から下まで一通り観察すると、タバコの煙を一つ吐いて頷いた。

「へえ、そうなんだ。めぐみがどうしてお前を異常に可愛がるのかよく分かった。こんなに華奢な身体なのに、ソコの大きさは父親譲りなんだね」

　言葉の終わりに下半身をもう一度凝視した。めぐみがボクを溺愛するのは、全身の中のその一点が原因だと安っぽい理解を示した。親友二人と比べたことさえない。だから自分の分身が世間一般の中ではどの程度の大きさなのかを知る術もなかったし、知ることの意義も見出し得なかった。

　しかし美奈子の反応は単純明快だ。

まだ子供だけれど、大人の中でもボクの持ち物は上位にランクインしているようだ。この人にはそれが一番大事らしい。

(ボクとめぐみはそんな薄っぺらな理由で抱き合ってるんじゃない！)

　心の中で叫んでみた。

「まだ毛も生え揃ってないのに、もう楽しいことしちゃってるんだねえ」

　美奈子はまた悪代官のような顔をしてニヤリと笑った。

「ホストと寝た時は先に掃除してもらったけど、今日は特別に先に掃除してあげるからここに寝て！」

　美奈子はタバコを吸い殻入れに押し付けながら、右手で自分の脇を指差した。「掃除」の意味は分からなかったけれど、黙って彼女の言う通りに、右側に寝そべった。直後美奈子は葡萄色のキャミソールを脱ぎ、覆い被さるように四つん這いになる。かつては母だと思っていたこの人の腕に抱かれた幼い日の記憶が、ボクにはない。自らの重みで大きく垂れ下がった美奈子の乳房を初めて目の前で見た。明らかにめぐみのそれよりも大きい。自制心のない分身はそれだけで活動を始めてしまう。

「身体は弱くてもこっちのほうはあまり関係ないみたいだね。もう反応しちゃってるよ」

ボクに顔を近づけて、ニヤリと笑う。厚化粧のにおいとタバコ臭い息が針で突かれたように鼻の奥に刺さり、涙が出そうになる。一瞬背けた顔を戻すと、美奈子の身体は四つん這いのまま下半身へスライドしていて、直立間近で上を向く亀頭に彼女の舌が絶妙な感覚で触れた。

「あっ」

思わず上げた声の方向に、ひょっとこのお面のように目を見開いた美奈子の顔が覗き込む。

「あれ？　初めてなのかな？　こんなことしてもらうの。めぐみはしてくれないの？」

戯けて言う美奈子の左手で強く握られている分身は、いつもよりも勢いを増し、充血で宍色から韓紅《からくれない》に変わろうとしていた。

「それじゃあ、たっぷり掃除してあげようかな」

上目遣いでボクを見つめ、何度目かの悪代官笑いの後、長い髪を右手でゆっくりりかきあげた。茶色に染めている束がわずかに空気を揺らした時、水分を十分に与えられていない花のような、乾ききったにおいが嗅覚を刺激し、直後分身が無造作に彼女の唇に吸い込まれた。

「ああっ」

二度目の声は情けなく漏れた。分身をくわえた口の中で、舌が想像できない動きをしていた。分身を流れる血管も膨らむようだ。舌の先端が亀頭の裏側を這った時、身体中に電流が走る。亀頭と陰茎の間のくぼみを舌が何度も何度も往復する。それは歯ブラシが歯垢をかき出すようにも、何かを探しているようにも思えた。

「案外きれいなのね。カスもあまりないし、臭くもない。掃除のし甲斐がないわ」

不貞腐れるように言うと、分身を握る左手に改めて力を込め、再び舌を這わせた。その動きは執拗だった。

ざらついた美奈子の舌は、全身に何度も電流を走らせた。未体験の刺激にすでに音を上げている分身に、彼女の左手はたやすく射精を許さなかった。

「もう、イキそうかな？」

顔を覗き込みながら、右手が亀頭を撫で回す。時には優しく、時には強く。美奈子は分身をもてあそんで楽しんでいる。尿道からヌルヌルした液体が染み出してくる。再び分身を口に含み激しく上下に揺らす。水が跳ねるような音が始まり、にわかに根元が開放された。

「うっ」

呻きと共に全身が緊張し、直後射精が始まった。美奈子は小刻みに痙攣する分身をくわえたまま、依然上下動を繰り返す。亀頭が喉の奥に当たっている。その先端から吹き出る白濁液を、彼女は迷わず飲み続ける。その衝動が信じられなかった。人間の素ではあるが老廃物である小便と同じ尿道を通って吐き出される過程を無視し、自らの欲望に陶酔している。大人の身体の栄養にならなくても自分が好むものならたとえ老廃物でも口にできるのだろうかと目を見開いて驚嘆した。

「若いからたくさん出るわね」

美奈子は分身にこびり着いた粘液を舐めながら、悪代官を演じ、笑う。笑った後も絡み付く液を執拗に舐め続け、彼女の舌ですべての汚れを取り除かれた分身は、いとも簡単に復活を遂げる。

「今度は達哉が掃除する番だよ」

美奈子は再び膨らんだ分身に横目で小さくウインクすると、いじめを一旦中断して立ち上がった。素早くショーツを脱ぎ背中を向けたまま胸の辺りに跨がると、顔の上にしゃがみ込む。大きな尻と、その中心の見たこともない生き物が目の前に急接近し、視界は遮られ、辺りは薄暗くなる。周囲が海老茶色に色素沈着した中心には、肛門の皺が規則正しく放射状に並び、しかも控えめな大きさに集約し佇んでいる。それに比べ、すぐ下に蠢く生き物は、黒く縮れ、秩序なく生い茂る密林を周囲にはびこらせ、肛門の上まで続く細長い雑木林をも従えていた。入り口の両側には、まるで扉を開け放したように薄い肉片が左右にだらしなく張り付き、さらにその内側にある小さな肉片は半開きで、中心部は薔薇色の何かが濡れていて鈍い光を放っていた。超拡大で映し出される女性器の全容は、見る者を圧倒し風格さえ漂わせ、気味が悪かった。めぐみとの行為は繋がるだけで幸せだから、姿形には興味なかった。彼女のココもこうなのかと想像すると、恐怖心が沸き起こる。肛門からの排泄物の残り香と、この醜い生き物から沸き立つ湿った異臭とが混合され、まるでスプレー缶が噴射されたように顔面に浴びせられる。ボクは反射的に顔を背けた。

（いや違う、めぐみのモノは遊んでいるこの人とは違い、きっときれいで瑞々しいはずだ！）

強く目を閉じ自分に言い聞かせた。

「ほら、お前も舌を使って、これからお世話になるあたしのココをきれいにするのよ」

美奈子は命令し、施しを促した。目を開けると生き物と顔の距離はさらに接近していた。臭いは強烈だ。

そう言えば宮脇大輔が〝女のアソコはチーズが腐ったような臭いがする〟と断言していた。何かの本の受け売りかもしれないけれど、確かに美奈子のモノは乳製品の腐敗臭に近い。生き物の亀裂に恐る恐る舌を突き出した。ヌルヌルした液体が先端に付着して、口の中に戻した舌を追い掛け糸が張られる。ほんのわずかだったので、味は確認できなかった。

「ほら、もっとしっかり舐めて、あたしがいいって言うまでやるのよ」

そう言って美奈子は、お尻を顔に押し付けた。ボクはやけくそになって、舌をぶつけるように生き物全体を舐め始めた。妙に柔らかく、力に応じて形を変え、さらに悪臭を振り撒く。気分の悪さは想像を絶する。

「ううん、いいわよ。その調子」

美奈子は少し前屈みになってベッドに両手を着いた。這わせた舌がピチピチと小さな音を立て始め、生き物の中から濃度の高い粘液が滴り始め、顔に落ちた。臭いは強くなり、湧きだす量も尋常ではない。意識が朦朧としてきた。

こんなところで死ぬのかなと思った。ゴシップ事件を扱う週刊誌の見出しで「腹上死」なんて言葉を目にしたことがある。初めは意味が分からなかったが、それはベッドの上での行為中に、男の人が脳や心臓に急激な負担を掛け過ぎて突然死することだと後で知った。ボクがこのまま美奈子のベッドの上で死んじゃったら何て書かれるんだろう。尻の下で死ぬから、「尻下死」。それとも尻の圧力で死んだことになって「尻圧死」かな。そんなことを考えていたら急におかしくなって、逆に意識が保たれた。それにしても男の人は女の人のご機嫌をとるためにいつもこんなことをしているのだろうか。外見はきれいに着飾っても女の人は誰でもこんなモノを持ち歩くようになるのだろうか。この生き物のように女の人の心の中は、みんな醜くて、臭いにおいを充満させてしまうのだろうか。大人の女の人の知りたくない一面を垣間見たようで、気が滅入る。意識がまた怪しくなってきた。

するると突然、分身に強い刺激を受け我に返った。美奈子がまた口の中で彼をもてあそんでいた。萎えた気持ちの回復状況に関係なく分身は元気を取り戻していた。

「もういいわ！」

少し興奮しているようで、美奈子は叫んで腰を上げた。次の欲望の行く手を遮るようになかなか外れないブラジャーのホックに苛立っている。二十秒後に外れたソレは美奈子の反感を買って必要以上に遠くに投げ付けられ、壁に当たって滑るように床に落ちた。その余韻のまま分身は鷲掴みにされる。再び腰が沈むと同時に巨大な尻が左右に開き、谷間で生き生きと蠢く醜い生き物が直立の彼を瞬く間に飲み込む。もちろん根元まで消えた。美奈子の全体重がボクの太ももを圧迫する。中の感触を知る暇もなく尻が上下に動き出す。分身が一秒間隔くらいで見え隠れを繰り返し、十回目くらいで濡れて光り出した。その醜い生き物は、方向と振幅距離、さらには所要時間までも正確に維持し続け、分身を出し入れする。それはボクがする自慰行為のようだった。美奈子の脳の指令とは関係ない、醜い生き物自らの意思による動きのようだった。時折前後に腰を振り、ひとしきり楽しんだ後今度は左右に動かす。めぐみにはない熟練の技に分身が長く耐えられるわけもない。

「あん……」

彼女が声を上げる間もなく、すぐに射精は始まった。美奈子はそれでも構わず尻を振り続けた。

「ふん」

一言唸ると、今度は向きを変え、ボクの顔を眺めるような体勢で分身を深く埋めた。そして再び大きな尻を上下に動かし、時折左右そして前後にも振った。美奈子は射精直後の分身に休憩を与えてはくれない。後ろ向きでは全貌を現さなかったサッカーボールのような巨大な乳房が弾むように目の前で上下に揺れた。

「達哉、おっぱい吸って！」

美奈子は激しく揺れるサッカーボールの右側を強引に止めて、命令を遂行させるため前屈みになる。

「早く！」

突き出す膨らみの先端に必死に吸い付いた。

「舌を動かして！」

唇で容易に摘めるほど肥大し、深い皺が刻まれた小豆色の乳首を舌で転がしてみる。

「ああいいわ、その調子よ」

美奈子の声が少し甲高くなった。

「揉んで～」

言われる通り二つのサッカーボールを思い切り強く、握り潰すように揉む。

美奈子の絶叫で尻の動きが止まった瞬間、三度目（彼女の中では二度目）が終わった。

*

大晦日。おせち料理は、毎年日本橋の大手デパートのオンラインストアで、まだクリスマス商戦も始まらない十月中旬に注文済み。その品物は夕方届けられた。二日間目いっぱい食べて三日目に少し残るくらいの量で計算して購入しているらしい。父や美奈子は毎年よく食べているから、ボクの頑張り次第では早期終了になるかもしれない。

リビングのテーブルにめぐみが作った大きなエビの天ぷら入り年越し蕎麦が運ばれ、

同時に紅白歌合戦が始まる。この時だけ一年の内で唯一テレビを観ながら食事ができる。毎年これが楽しみだった。小学三年生の時からこの日だけはがんばって夜更かしをした。四人とも音楽の好みがバラバラだから、放送時間四時間半の長丁場では集中して観る時間帯が違うのもなぜか楽しかった。

時代劇をよく観る美奈子はその延長線上にあるように演歌が好きだ。父は同世代の歌手が出てくると、小さく口ずさんだりする。女性アイドル歌手や、アイドルグループが出てくると、トイレに立ったり一時書斎に籠ったりしている。だからロリコンだったなんて想像もできなかった。美人のめぐみは素直に美少年系アイドルが大好きだ。ボクはお気に入りの歌手やアーティストはいないけれど、いつもめぐみのそばにいたから自然に美少年系アイドルグループのほとんどの歌をテレビ画面に合わせて唄っていた。

「紅白歌合戦」の開始は昭和二十六年の一月三日ラジオ放送の正月番組で、テレビ放送は昭和二十八年大晦日の第四回からだが、それ以来、放送が延期・中止されたことは一度もないそうだ。当時は第二次世界大戦で失った夢や希望を国民すべてに与えることが最大の目的だった。毎年公共放送の一大イベントとして、出演者決定が、まるで選挙のように〝当選〟〝落選〟で表現され、「おめでとうございます」「残念でした」と当該歌手やアーティストが一喜一憂する場面がテレビ画面の中に多く見られた。また視聴率が低迷すると、〝紅白神話に翳り〟などと大きく取り上げられたりもする。でもこれらの騒ぎの多くはマスメディアに偏っていると思う。現在のテレビ放送は地上波だけでなくBSやCS、専門ジャンルに特化したさまざまな有料チャンネルの存在があり、さらにインターネットやスマートフォンの普及など、娯楽が多様化している。若者を中心に紅白歌合戦の存在理由が希薄になっていることは残念ながら否定できない。それでも芳賀家の一家団欒を作ってくれる大切な行事だから、個人的にはいつまでも続いてほしいと願っていた。それなのに、楽しかったひとときが心の中に寂しい気持ちを運んできた。〝そんな心配はもう必要ないし意味がない〟と言うように。

大トリはすごかった。四〇年近くにわたって活躍し続ける日本を代表するロックバンドとシンガーソングライターの女王、演歌の大御所が揃い踏みして、出演者全員で盛り上がる。芳賀家のリビングも大変だった。めぐみやボクでさえよく知っているビッグスターの競演に、芳賀家のボルテージは大きく跳ね上がってしまった。父も身体が揺れていた。

布団に入っても心と頭の中がグルグル回って一時間くらい眠れなかった。

一月一日。元日は全員朝八時には起きる。前日頑張って夜更かしするから、ボクは毎年めぐみに起こされていた。でも、今日は少し眠いけど、起こされる前に目が開いた。

ダイニングテーブルの上にはおせち料理が並んでいる。大手デパートのオンラインストアは全国各地の料亭やホテルで作るおせち料理をインターネットで予約販売しているから、毎年違うものを注文していたらしい。今年は京都の料亭の和洋料亭おせち四段重だと美奈子が言った。その料亭のことはよく分からないけれど、彼女の目に狂いはないはずだ。目に飛び込んでくる料理はどれも華やかで大きくて数が多かった。海老や焼き魚、栗きんとんそしてお肉。自然と目が行くのは好きなものばかりだけれど、どれも美味しそうで、眠い目を擦っているうちに睡眠欲がみるみる食欲に移行した。

みんなが椅子に座ると、父が新年の挨拶を始めた。最後に全員が声を揃えておめでとうを言い、おちょこに注いだ日本酒で乾杯をする。ボクは子供だから、それにはいつも口を付けるだけ。

その後のパターンは毎年決まっていた。父はとっくりで燗をした日本酒を三本くらい飲みながら、おせち料理を二時間かけて摘まんでいる。父に届くたくさんの年賀状を一枚一枚丁寧に眺めるのもこの時だ。数えたことはないけれど、地元の郵便局で九年連続配達枚数一位だそうだ。その間は美奈子も付き合っている。

ボクとめぐみは一時間弱くらいおせち料理を食べた後、リビングでテレビを観るため、締めのお雑煮でお開きにする。お雑煮は醬油仕立てのすまし汁の中に里芋と小松菜、ごぼう、大根と人参、そしてリクエストの数だけ四角いお餅を入れる。おせち料理は確かにおめでたい食材がたくさん揃っている。「子孫繁栄」とか「五穀豊穣」とか、あとは「よろこぶ」とか。ところが猛烈に沸き起こったボクの食欲は、あっという間にピークが過ぎる。毎年ほぼ変化のない中身に、この年齢で何となく飽きている。早期終了は今年もやっぱり望めない。でもそれは甘えた考えなのだと気づいた。

お正月のこの席にボクが正式に参加するようになってからはまだ九年だが、家族の歴史を遡った時、それ以前も十年以上の歴史がある。当時はこんな穏やかな日常ではなく満足いくおせち料理も並んでいなかったかもしれない。さらに言えば、父や美奈子の歴史はそれ以上に長い。その頃の苦労話を聞いたことはないけれど、現在の生活以上に恵まれていたとは考えにくい。ボクはまだ半人前だ。自立した暁には退屈な習慣の排除も可能だが、養われている身分で何不自由ない現状を批判や非難する権利はない。贅沢な料理を与えられて無下にするのは罰当たりもはなはだしい。それはデタラメな家族だと分かっても評価が変わるものではないと思う。

しかしめぐみが作ったお雑煮は別格だ。飽きるどころか、食べるたびに大好きになっていく。そこが正月料理の唯一の心の拠り所ではある。

ボクとめぐみはテレビＣＭの間に、自分とお互いに届いた年賀状を眺めた。二人に届く枚数は父とは比較にならないほど少ないから、二分くらいで十分だった。

ボクに必ず届くのは、松井純一と宮脇大輔。

あとは年によって来たり来なかったりが五枚か、六枚程度（今年は六枚）。松井はパソコンを使って干支を題材に凝ったデザイン。宮脇は、筆ペンで豪快かつ単純に〝明けましておめでとう！〟の文字と年号のみ。二人の年賀状は対照的で、毎年同じパターンだけれどそれでもすごく安心する。めぐみは中学、高校時代に仲の良かった女友達から十枚。そして花屋の佐東信也からの一枚で、合計十一枚。

今年はそのうちの二枚に〝結婚しました〟の文字が楽しそうに躍り、一枚には結婚式のキャンドルサービスの場面、もう一枚には新婚旅行中の海外の海辺でのラブラブツーショットが同じハートの形の中にプリントされていた。

（こんなのもらって誰が喜ぶの？）

素直に心に疑問が浮かんだ。

そして佐東信也の年賀状は、年始の挨拶の後に、めぐみに対する求愛的な文章が長々と綴られ、〝あなたと結ばれることを夢見て〟で終わっている。何年も同じセリフだけど、今年はすごく気になった。だってめぐみとボクは親子だけど、深く愛し合っているから。ボクが生きていられるのは佐東のお陰だけれど、彼がめぐみと結婚するのは死んでも嫌だ。

「お姉ちゃん、佐東さん本当に好きじゃないの？」

ボクの質問は真剣だった。

「もちろんよ。お店も好きだし、人柄も良いし、お花の知識は豊富だけど、そこまで」

CMが終わったテレビ画面を見つめるめぐみの横顔が、そう冷たく言い放った。好感度の項目が多いことがどうしても気になる。

「それじゃあ、佐東さんの一方的な片想いなんだね」

「そういうことね」

めぐみはボクの方に一瞬顔を向け、小さく微笑んだ。

「でももし『結婚してください』って言われたらどうするの？」

どうしても確かめずにはいられなかった。

しつこ過ぎてめぐみの顔色が変わったら、素直に謝ろうと思った。

「そうねえ、もしそうなったら、はっきり断って、お店に行くのもやめるわ」

もう一度微笑みながら、即答しためぐみの表情が少し怖かった。

＊

一月二日、家族四人で明治神宮に初詣に行く。

明治神宮は明治天皇とその皇后の死後、二人を祭神として祀るために作られ、東京の真ん中にあるこの大きな森はその時に人の手によって造成されたものだ（二人が実際に葬られているのは京都の伏見桃山陵）。でもボクには人工物だという認識はまったくなかった。この森の木は、椎や樫、楠が多く、伊勢神宮や日光東照宮にある雄大で荘厳なイメージを与える杉が少ない。

ゆうだい【雄大】ながめ、構想などの規模がすぐれて大きく、感動をもよおすほどであること。「規模の―を誇る」「―な景観」「―な構想」

そうごん【荘厳】（宗教的な）重重しさがあって立派なこと。見事でおごそかなこと。「―な儀式」

それは当時の造園関係者が、関東ローム層というこの場所の地質が谷間の水気の多い環境で杉が育つには適さないと判断したからだそうだ。そのお陰で今眺めているこれらの木々が何百年も前からあるように感じられる。人の手になる美しさは大地が描く自然の造形美には到底敵わないけれど、未熟ながらも一生懸命努力した人間たちの成果には、神の創造物と勘違いさせるほどの強い思いが宿るのかもしれない。

ＪＲ原宿駅を降りて、南参道に入る鳥居をくぐると、いつも清々しい気持ちになれた。

正月の三が日は参拝客が多いから御社殿にはなかなか辿り着けない。でもボクはこの森の中にいる間だけ身体の中から力が沸いてくるような気がして、人込みも耐えられた。そしてボクはこうお祈りする。

（家族みんながずっと健康で仲良くいられますように！）

それでも去年までは家に帰ると熱を出していた。今年も皮肉をたくさん込めて同じお祈りをした。

参拝後、昼食を取るため原宿駅方向へ戻る。正月だから営業している店は限られている。駅を挟んで明治神宮とは反対方向の東側にある店へ向かった。

ここは人気のとんかつ屋さんだから、もちろんとんかつは美味しい。当然とんかつメインのメニューはたくさんあるし、ランチも多いけれど、過去のボクは〝ボリュームたっぷり〟が苦手で、注文はいつもロースかつカレーだった。体調によってはそれさえ完食できない年もあった。でも今年は意を決した。一五〇グラムの特ロースかつ膳に挑戦した。三人は目を丸くしていた。少し時間はかかったけれど、意外なほど簡単に食べられた。病弱だから胃腸も弱いと思い込んでいたのかもしれない。食事もやる気次第でどうにかなると改めて感じた。

帰路は何かにつけて時間が掛かり、家に着く頃は空が蜜柑色の夕日に染まっていた。

その夜、熱は出なかった。

＊

一月三日、年末から、ほとんど毎日テレビ画面に顔を出す大好きなお笑い芸人たちもそろそろお腹いっぱいになってきた。嫌いじゃないから間隔を置けば欲求もまた復活するけれど、この日はあえて除外しようと思った。口直しに真面目なテーマの番組を観るべく、新聞のテレビ欄の一番左とその次の行を眺めていたら、出演者に川村由紀夫の名前を見つけた。

「サイエンス新春スペシャル／がん治療の行方」

めぐみと一緒にリビングのテレビで観ることにした。

羽織り袴姿の公共放送の男性アナウンサーと、振り袖姿の元癒やし系アイドルが中央に立ち、新年の挨拶をしている。アナウンサーのほうはよく知らないけど、女の人は以前バラエティー番組で見掛けた時からめぐみのような雰囲気を漂わせていて好感の持てるタレントだった。難点は喋り方で、めぐみよりもかなりのんびりだけど、それは愛嬌として許容している。

「本日のお客様は、今注目を集めているがん治療の一つ、『新生血管抑制療法』研究の第一人者で、医学博士の川村由紀夫さんをお迎えしています」

司会者二人の間に招かれた彼を見て素直に驚いた。長い間お世話になっているけれど、一度も面識がなかった彼の姿は意外だった。

ボクが思い描いた研究者川村由紀夫像は、お笑いのコントに登場するような、時代遅れの丸い黒縁メガネを掛けて、頭はボサボサで研究のこと以外まったく無知無関心な〝オタク〟と呼ばれるような人物だった。実物はそれとは遥かにかけ離れていた。二〇年以上変わらぬ人気を誇るイケメン俳優兼ミュージシャンがドラマ、映画で演じた天才物理学者そのものだった。

「そもそもこの研究はどのような経緯で始まったのですか？」

元癒やし系アイドルがまったく緊張感のない口調で話を向けた。

「今までのがん治療は、大きく分けて『手術療法』、『化学療法』、『放射療法』、の三つがあり、それぞれの療法が単独あるいは併用で行われています。この三大治療法はすべて外的な力で悪性腫瘍を摘出し、破壊することに努力してきました。しかしいずれもデメリットや強い副作用が存在し、元来私たちの体内に備わっているがん細胞を排除することができる免疫力や自然治癒力そのものを極端に弱めるものとして限界も明らかになりつつあります。特にがん細胞のみの消滅を試みる放射線療法や、多量の化学療法剤、すなわち抗がん剤の投与が、免疫細胞を同時に殺してしまい、白血球の極端な減少を招くことすら問題にされてこなかったことが指摘されています。そこで新たなアプローチによるがん治療の研究が試みられました。

そのひとつがこれから紹介する『新生血管抑制療法』という治療法なのです」

話し方もクールで、低音の良く通る声だった。それに外見も若い。

「お姉ちゃん、この人何歳？　会社で結構モテるんじゃないの？」

ボクの心の中に新たな恋人疑惑が浮上した。

「四十五歳って言ったかな。たっちゃんの言う通りモテるかもしれないけれど、川村先生はずっと研究所だから、普段は社員の人たちとあまり接する機会がないの。でもこの番組を観た女性社員から人気が出る可能性大ね」

今までにその気配がないのなら、会う機会が多いめぐみは狙われてもおかしくない状況だ。他人事のように笑ってるけど、めぐみはすでに彼の手に落ちているかもしれない。

「お姉ちゃんこの人好きじゃないの？」

嫉妬心丸出しだけれど、ためらっていたら取り返しのつかないことになる。

「バカね、何言ってるの。この人にはお世話になってるけど、全然そんなことないの」

「本当に？」

「お姉ちゃんが好きなのは芳賀達哉君だけ」

耳元で囁いためぐみは、ボクの頰にキスした。胸の鼓動は高鳴ったけれど、病的なものじゃない。鼓動が静まる頃には、心を一瞬で覆った霧は跡形もなく消え去った。

「がん細胞も細胞ですから生命維持には酸素と栄養分が必要です。体内にがん細胞が発生すると、自ら血管を増やす増殖因子を分泌して血管を新生しています。この新しい血管が増生することを『血管新生』と呼びます。ここで血管新生についてもう少し詳しく説明しましょう。

健常な成人においては、体の中で血管を新生する必要はありませんが、特殊な状況の場合、血管新生が行われます。

その種類は『生理的な血管新生』と『病的な血管新生』の二つに大別されます。

『生理的な新生血管』の主なものは次の三つ

①胎盤形成や胎児の発生過程など妊娠初期に見られる血管新生。

②手術後やケガなどの創傷治療過程に見られる血管新生。

③心筋梗塞や閉塞性動脈硬化症など虚血部位周囲での側副血行路の形成に伴う血管新生。

そして『病的な血管新生』は次の二つ。

①慢性関節リュウマチ、糖尿病性網膜症や乾癬などの炎症部位に見られる血管新生。

②がん組織の増殖による血管新生。
以上のことから『生理的な血管新生』は、新しい生命誕生や損傷した血管の修復など、人体に好影響を及ぼすことをいい、逆に『病的な血管新生』は、がん組織の成長を促すなど、人体に悪影響を及ぼすことと理解していただけると思います……」
時折、男性アナウンサーの質問を挟んで川村由紀夫の流暢な解説が進んだ。

りゅうちょう【流暢】すらすらと話して（書いて）言葉遣いによどみがないこと。なめらか。「中国語で──に話す」

隣にいるめぐみの視線を時折凝視し、節穴なりに必死に観察した。画面を見つめる彼女の瞳に憧憬や敬慕の気配は見られなかった。だからその後は安心して川村由紀夫に感心できた。

どうけい【憧憬】あこがれること。▽「しょうけい」が正しい読み方。
けいぼ【敬慕】尊敬して人柄を慕うこと。

「話を元に戻しましょう。がん細胞は百個くらいになると、それ以上大きくなるためにはがん組織専用の血管が必要になって、がん細胞が血管を新生するための増殖因子を産生しだすと言われています。この血管を通して悠々と栄養を補給するようになったがん細胞は、死滅どころか分裂によって新たながん細胞の増殖に余念無く取り組むこととなります。さらに厄介なのは新生血管を通してがん細胞の一部が流出し、転移の原因ともなってしまうのです。

がん細胞が腫瘍血管を新しく作るステップは以下のようになります。

①がん細胞は血管内皮細胞増殖因子という蛋白質を分泌して、近くの血管の内皮細胞の増殖を刺激。

②さらに周囲の結合組織を分解する酵素を出して増殖した血管内皮細胞をがん組織の方へ導く。

③血管の内腔を形成する因子を使って新しい血管を作る。

これらのステップのいずれかを阻止してやると血管新生を阻止できます。したがって腫瘍の血管新生を阻害する薬を早期から使用すれば、残ったがん細胞の増殖を抑制して再発を防ぐことになります。がんが大きい場合でもがん細胞を殺す抗がん剤治療と併用すれば、抗腫瘍効果を高めることができるのです。

これが『新生血管抑制療法』です。

そして現在この治療法の柱である血管新生阻害剤として研究が進められ、使用可能なもの、及び今後使用の可能性があるものを次に紹介します。

◎使用可能なもの

・サリドマイド
・インターフェロン
・アンギオスタチン・エンドスタチン
◎今後使用の可能性があるもの
・ＯＴＳ－１０２
・女性ホルモンの一種であるプロラクチン
・フマリン
・抗炎症薬の一種であるＣＯＸ－２阻害剤
・ＮＫ４
・サメ軟骨
などです。

さて、今までご説明してきた『新生血管抑制療法』は、実は近年研究が始まったものではありません。血管新生阻害剤の研究は古く一九七〇年代から始まっていました。しかし当初は良い効果が得られませんでした。では現在なぜ注目を集めるようになったのかといいますと、それは『分子標的薬』と呼ばれる薬剤の研究が大きく関与しています。

分子標的薬の開発も三大治療法の限界から近年考えられた研究で、正常な組織に悪影響を及ぼすことなく、がんの遺伝子や、その遺伝子によって作り出される蛋白質のみに集中攻撃をする目的で作られました。つまりこの分子標的薬の開発技術が広まることで血管新生阻害剤にも良好な効果が期待できるようになり、今日の研究開発に至っているのです」

気づくと居眠りをしていた。上品な笑い声を挟んで生気みなぎるだみ声が観客の笑い声を誘っている。ボクはおもむろに目を開け、人気若手女優が出演中のトークバラエティ番組をめぐみと一緒に楽しんだ。

＊

体調を崩して学校を休んだ後の復帰登校時は、いろいろな消極的思考を頭の中に巡らせて必ず気が滅入る。それと同じ症状が、長い休みの終わりにも顔を出す。冬休み最後の夜、布団を頭から被り、人知れずパニックに陥っていた。

最初は急に寂しくなった。毎年繰り返されていた、この当たり前だけど楽しいひときは、もう二度とやってこない。それは誰かがいなくなるとかじゃなく、何も知らなかった去年までの純粋な気持ちにはもう二度と戻れないから。いや、それは違う。このデタラメな家族には初めから楽しい時間なんかなかったのだ。ひ弱で未熟なボクだけがただそう思い込んでいた。自分は父や美奈子にうまく丸め込まれていただけなのだ。いまさら怒っても意味がない！

次第に興奮して身体が熱くなった。日を追って暴かれる芳賀家の歪みに立ち向かわなければいけない。でもまだ中学一年生だから、自分独りでは何もできない。ボクは一体何をすればいいんだ？

この休みの間、父や美奈子のことを蔑んだりしてはいたけれど、二人に対する具体的な意思表示や行動を決めたわけでもない。何もしなければ、何も変わらない。今の状況や環境は行動を起こさなければならない絶体絶命でもないけれど、変えなければいけない、変わらなければならないと思い、結局何も変えていない自分に気づき、得体の知れない大きな危機感を抱く。すべての災いが集約されてやってくるような錯覚に陥り、頭の中は混乱していた。それなりに詰まっている脳みそが何も答えを出さないまま、同じ思考を何度も繰り返しているうちに涙が溢れてきた。それが何の涙だかよく分からなかった。涙は大量ではないけれど、切れ目なく溢れていた。

良く通るカラスの鳴き声が聴こえ目覚めた。ボクは疲れて寝ていたようだ。カーテンの隙間から藤色の空が覗いていた。

それでも、三学期が始まってしまうと、冬休み最後の夜が悪い夢の出来事のように、平常心で登校している。

そしてボクと二人の女の人とのセックスは継続中。惰性で生きている自分を責めながらも止める意志はさらさらない。心の核ではこの生活が気に入っている。デタラメな家族の在り方に馴染んでしまっている。ボクはどっぷりダークサイドに浸かっている。

＊

めぐみとボクのパワーバランスは変化していた。いつまでも猪突猛進でいる必要はないと気づくと、逆にめぐみから求め出した。何かのサインがあるわけでもなく、気がつくと同じ布団の中で抱き合っていた。美奈子が要求する〝掃除〟に例えられるような、お互いの身体の特定の部位に特別な施しを求めることはまったくなかった。めぐみに抱かれる自分はそれが必要なことだと感じるようになり、二人はごく自然な流れの中に身を置いているのだと確信にも似た感情さえ湧いてきた。

二人が重なる時間は今までにも増して陶酔していた。現象だけを見れば、確かに今の世の中で成り立っている道徳に反してはいるが、肉親への愛情の特殊な例と考えればどうだろう。

母親が赤ちゃんを抱いている姿に違和感を覚える人間は誰もいないのに、ある程度成長した我が子を生まれたままの姿で抱き締めている母親には、誰もが異常な愛だと首を傾げる。しかし後者の行為は前者の延長線上にあるにすぎないと思う。子供が成長した結果として、愛情表現のゴールが射精という形で現れているだけなのだ。

ボクは自分にそう言い聞かせ、時折頭を過る一パーセントの罪悪感を事もなげに押さえ付けていた。

学校から帰ると、求められる日は美奈子が玄関で待っていた。身体が少し丈夫になったとはいえ、真冬の寒さは細身にはやっぱりつらい。早く自分の部屋のこたつで温まりたいから宿題があると言って断わるけど、そんなの後でいいからと構わず寝室に連れ込まれる。

制服の下の重ね着は部屋に入ると瞬く間にはぎ取られ、全裸を晒す。一瞬暑すぎると感じた室温はすぐさま適温になった。一分ほど舐めるように全身を見回された後、美奈子は新しい命令を下した。まるでサーカスのライオンに芸を仕込んでいるように自分が好むセックスの相手として、飴を与えられ鞭で調教された。

美奈子との交わりは確かに刺激的だ。それはこの行為自体を美奈子が生き甲斐としているからだと思う。どうしたら最高の快感を満喫できるかを永年研究してきた成果が、途切れることなく分身に襲い掛かってくる。めぐみとの行為ではマシンガンのような射精はあり得なかった。

でもそれだけだった。

美奈子とのセックスは虚無感だけが残る。心の中が空っぽになる。心が重くなる。めぐみこんなことをして何の意味があるんだろうと、後悔の念ばかりが湧いてくる。めぐみに対しては現れないこの余韻をボクは近い過去に味わった。それは自慰行為をした後と同じだとすぐに気づいた。自慰行為で射精した瞬間は確かに気持ちいいけれど、結局〝自分を慰める〟行為であって、明るい未来が保証されるものではないと思っていた。

ほんの一年前までは小学生で、何も知らない童貞だった。それが自慰行為を覚えたとたん性に対するステージが一気にジャンプアップして、普通ならば、勉強や運動、外で元気に遊ぶ何かに明け暮れてもいい年齢で、セックスを体験し、溺れ、耽ってい る。女の人の膣内で射精する感覚はボクの過去の記憶をすべて削り取ってしまうほど脳に大きな衝撃を与えた。だから、美奈子との交わり＝自慰行為と理屈では分かっていても、身体が覚えてしまった快感を拒めなくなった。誘いが断われなかった。頭で抑制しても分身が反応してしまう。心が未熟だから身体の要求に負けてしまう。悪いことだと知っているのに麻薬の所持で何度も逮捕される芸能人の理解できない心理が、美奈子に抱かれ続けている自分と重なっていた。

しかしある瞬間、別の角度から光が差した。

野生動物が生きる最大の目的は種の保存だ。そのための努力は本能として備わっている行動も含めて日々疎かにすることはない。いつでも命懸けで、限りある生を全うしようとしている。

では人間にそのような行動はあるのだろうか？　人間は自分にとって意味ある行動を日々し続けているだろうか？　ほとんどの人間は生きている多くの時間を無駄に費やしているのではないか。以前に青春期の自分が何もできないことを嘆いた。でも今は思う。あれは無駄だったと振り返る行為も、何もしていないと嘆いている時間さえも、実はすべてを含めて人間形成には大切な時間なのかもしれない。虚無感に襲われる自慰行為も、多くを費やしてしまうその他の無駄な時間も、凝縮された輝きを得るためには必要な時間なのではないか。

多くの無駄は、人間が人間として生きていくための必要悪なのだ。

＊

「今度の日曜日はアウトドアしないか？」

松井純一からそう誘いを受けた。アウトドアとは、海に行ってサーフィンをしたり、山に登ってキャンプしたりという、本当の意味じゃない。ボクを家から連れ出すための三人だけの軽い合言葉のようなものだ。けれども真冬の招集は今まで一度もなかった。きっと何かのきっかけで、二人がボクの健康状態に好感触を得たのだろう。返事は迷わずＯＫにした。

アウトドアの定番は映画観賞。場所は、自転車で行ける大きなショッピングモールの中にあるシネマコンプレックス。好みの映画のジャンルは幸か不幸か三者三様。ボクはＳＦ、松井はサスペンスやシリアスドラマ、そして宮脇はアクション（格闘ものが特に好き）。

自薦観賞映画のプレゼンでは三人共熱く語り出すので、決定にはいつでも時間を要して観る前に疲れてしまっていた。そんな過去の失敗を繰り返さないため、今では誰もが観たがる大ヒット間違いなしの超大作やディズニー映画に即決している。だけど今回三人の心は一致していた。

「スター・ウォーズ　最後のジェダイ」

ＳＦ、宇宙での戦闘シーンやライトセーバーでの手に汗握るアクション、そしてスカイウォーカー家の長い歴史をバックにした壮大で綿密なストーリー展開が文句なしの決定理由だ。

日曜日のシネマコンプレックスは大混雑だった。他にも注目の正月映画が上映されているので状況は想定内。ボクたちは金曜日の夕方にこの日のチケットを購入していたので、入り口から真っすぐグッズ売り場に向かい、プログラムを買う。

飲食物は場内での購入以外は持ち込めないし、こんな日は飲食物売り場も長蛇の列だから、何も買わないで中の座席へ急いだ。観賞中の急な空腹感や喉の渇きはポケットに忍ばせた飴を口に含んで凌ぐことにしている（当然噛み砕いたらダメ）。

ずっと大好きな映画で、過去のシリーズは家にあるＤＶＤを何度も何度も繰り返し観ていた。観賞後は予想以上の満足感で身体が熱くなり、しばらく興奮状態が収まらなかった。三人の感想は、いつもまったくバラバラで、それが意外に面白い。同じ映画を観ているのに注目するシーンが三人共違うから、自分にはない考え方が聞けてお互いの感性を理解し合える。また一つの作品を子供なりに多角的に評価できるので、ボクにとっては数少ない有意義な時間と言えるかもしれない。

外出した時、帰りは必ずファーストフード店に立ち寄る。三人はまだ親に養われている身分だから、自由に使えるお金は少ない。だからその少ないお金でやりくりするため、飲食代を節約するのがその理由。

子供に大金を持たせるのは教育上良くないという考えは一般論としては定番だ。裕福な家庭を除けば、子供の頃からたやすく大金を与えて、苦労しなくても簡単にお金が手に入ると甘い考えを持ったまま大人になってしまう懸念を払拭するためで、当たり前のしつけだ。でも子供は親の奴隷ではないからお小遣いアップの要求をすれば、満額は叶わなくても、妥協案提示で決着する（はず）。ところがボクたちは小学一年生の時から少し変わった約束を交わしていた。〝遊びに行く時のお小遣いは、きちんと計画を立てて同額を持ち、それ以上は親に要求しない〟というものだった。それぞれの家庭は特別貧しいわけではないけれど、今の社会は雇用が不安定で収入も不安定だから、少しでも余計な負担を掛けないようにしようと、子供ながらに涙ぐましい誓いを立てたのだ。

そんな穢れのない頃を思い出し、ボクは分厚いハンバーガーを頬張る二人を眺めながら、純粋な友情の絆も今はどうでもいいと心の中で不貞腐れていた。なぜなら父賢一と美奈子にはそんな親の価値はないと反抗期の少年を演じていたからだ。

「もしかして、何か悩んでるの？　例えば家族のこととか……」

松井純一と目が合い、ボクの胸の鼓動は大きくひと鳴りした。

「別に。でもどうしてそう思うの？」

　ボクは強がって反論した。

「三人一緒にいる時の達哉は、今までよりもずっと明るく見える。学校にいる時もそう。でも帰りの時刻が近づくとだんだん顔の表情が暗くなる〝ような〟気がする。今もそう。だから家のことで悩んでるのかなと思ったんだ」

　右手でメガネの縁を触りながらクールに解説する松井の観察眼はいつでも鋭い。

「達哉の家族は全然問題ないよな。親父は有名な学校の先生だし、お袋さんはちょっとケバイけど若くて美人で明るいし、もちろん姉ちゃんも大人しくてかわいいし、出掛ける時はいつも四人だし、とにかく学校中で有名な〝超アットホーム・ファミリー〟だもんな」

　宮脇大輔の太く通る声が店内中に響く。振り返った客もいた。彼の言葉がすべて真実なら、照れ臭いけれど優越感に浸れたかもしれない。でも今のボクには家族の恥を再確認させせられたようで、胸の奥に先の尖った何かが刺さって息苦しい。二人は親友なのに自分の胸の内を一〇〇パーセント吐き出せない。それでもボクは助けを求めた。自分勝手なのは二〇〇パーセント分かっている。

「ところでさ、真面目な話、悪いことをしている大人を見つけたら二人はどうする？」

「俺はすぐにふん捕まえて、伝家の宝刀一本背負いをくらわせてやるぜ！」

　脈絡のない質問に宮脇は彼らしい即答をした。その宮脇をちょっと睨んで、不思議そうな顔をして松井も続いた。

「それは状況にもよるけど、事実を確認して然るべき大人に知らせるかな」

「然るべき大人って？」

「例えば、もしコンビニで万引きを見つけたら、その人の服装や顔を確認してまず店員に知らせる。それから警察に通報してもらう」

「俺だったらそんなめんどくさいことはしないで、あっという間に巴投げするぜ！」

「大輔がいくら柔道をやっていても、相手が万が一刃物を持ってたりしたら危険だろ。それに僕たちは子供だから、やっぱり然るべき大人に知らせるという行動をとったほうが安全だよ」

「それじゃあ、おまわりさんが悪いことをしていたらどうする？」

「ううん、それは難しい問題だね。大人の社会って身内に甘いっていうからね。子供の僕たちが警察にそんなことを知らせても本気にしてくれないだろうし、仮に大人が裁判所に警察の不正を訴えても、証拠を隠したり揉み消したりして、罪にならない場合もあるみたいだからね」

　松井はメガネの縁を触りながら眉間に皺を寄せた。

「そんなときは闇の殺し屋が、法律で裁けない悪を人知れず抹殺するぜ！」

宮脇は真面目な空気を突然切り裂き、独りで大笑いしていた。

「それで、結局達哉は何かを悩んでたの？」

「悩みってほどのことじゃないんだ……。でも二人と話してると、何だかホッとするよ」

「そう……、こんなのでも役に立つんだ」

ボクと松井は笑いながら宮脇の方を見た。

＊

最初は大好きなめぐみを取られまいとする嫉妬心のみで彼女に付き纏う男の人を毛嫌いしていた。でも芳賀家の本当の姿が見え始めると、ボクの疑念は嫉妬以外にも拡大した。

川村由紀夫のことはめぐみの会社の人だから簡単には調べられない。でも佐東信也の店はボクの行動範囲内だから少し確かめられると思った。肉親の繋がり以外でめぐみと長く交流がある佐東信也は、我が家の虚構に関与しているのではないかと思い始めた。十年にも及ぶ独身店主と客の関係で、花の師であり、弟が大いに世話になっている。そして明らかに好意を抱く彼とは何の進展もなく、めぐみはドライな付き合いを強調する。佐東もつれないめぐみに愛想をつかすこともなく、その構図は長く変わらない。きっとこれは好き嫌いだけの問題ではない。

学校帰りにまだ暖かいなと感じた日、帰宅後すぐに私服に着替えて「フラワーショップ・ミーナ」に向かった。

最初に来たのは小学五年生に進級する前の春休みだから、もう三年近く経つ。その頃のボクは今よりも背が低く、顔の血色も悪かっただろう。それに何も買わないで出ていった男の子だから記憶に残っていないと思っていた。

「いらっしゃいませ」

声の張りはあの時と変わらない印象を受けた。先客はすぐに反応して店を出る。あの日にタイムスリップしたかのようにきれいで清潔感のある店内の雰囲気はまったく変わっていない。ただ、訪れた季節のずれで、迎えてくれた花の種類が少し違う気がした。

「何か探してるの？」

佐東信也は初対面の時とまったく同じ柔らかで落ち着いたトーンの優しいお兄さん声だった。

「姉の誕生日にお小遣いでプレゼントしたいんですけど、シンビジウムはありますか？」

ボクも同じセリフで返し、彼を試した。

「あれ？　それ昔聞いたことあるぞ」

佐東の視線がボクを身体に沿って上下した。

「君、前にも来たことあるよね？」

視線が止まると笑顔を見せた。

「はい」

ボクは少しはにかんで見せた。

「それにしても前よりすごく背が伸びたんじゃない？　最初分からなかった」

一度店に来た客を忘れない。再会早々彼の記憶力に敬服してしまった。人間佐東信也の評価はまた上がった。

「三年くらい前ですけど、よく覚えてましたね、何も買わなかったのに」

少し皮肉を込めて返した。

「あの時、季節外れの花の名前を言ってたからね、すごく印象に残っちゃったんだ」

「そうですか……」

もう一度はにかんで見せた。

「佐東さんですよね、実はボク、芳賀めぐみの弟なんです。いつも姉がお世話になってます」

素直に懐に飛び込もうと思った。

「そうか、君がめぐみさんが話していた病弱な弟さんだったんだ」

佐東の視線はもう一度ボクの身体を上下した。

「ボク、小さい頃からお姉ちゃん大好きで。そしたら、お花屋さんの佐東さんを〝優しそうなお兄さん〟って言ってたから、ヤキモチ焼いて、どんな人か偵察に来たんです」

「それであんな意地悪な質問したの？」

「はい、あの時は本当にすいませんでした。それに今飲んでる薬は佐東さんのお陰だって聞いてたのに……。いつもいろいろありがとうございます」

ボクは殊勝な態度を演じた。

「そうか、そうか。そんな事気にしないで。でもお姉さん美人だから無理もないよね」

「はい……」

恐縮しても見せた。場を持たせる話題もないので直球を投げた。

「ぶしつけな質問ですけど、佐東さんはお姉ちゃんと結婚したいですか？」

調子に乗って佐東の心を揺さぶってみた。目を丸くしてボクを見つめる佐東信也の表情は、ため息と共にすぐに落胆の心情を伺わせた。

「めぐみさんはボクの初恋の女性《ひと》にそっくりだったんだ。だから勝手に入れあげちゃったんだけどね。恋愛に関して言えば、僕はまったく眼中にないみたい。どんな誘いもニッコリ笑って断られちゃうんだよね」

そう呟く佐東の表情には悲壮感さえ漂う。

「達哉くん安心して、僕みたいなおじさんとはそんなこと、絶対にないから」

投げやりな佐東の心をおだてて引き戻した。

「諦めずに頑張ってください。ボクも応援しますから……」

その言葉に感情はまったくない。ボクは最後の仕上げを投げる。

「それでお姉ちゃんはボク以外で家族のこと、何か言ってませんでしたか？」

佐東は顔の前で右手を振って言う。

「話はいつも達哉くんのことばっかり。ため息出ちゃう。めぐみさんが達哉くんのこと猫可愛がりしてるの、すごくよく分かったよ。悔しいけど……。お姉さん、大切にしなよ」

帰り際に、今お勧めだとクリスマスローズを見せられたけど、ここに来たことはめぐみに内緒にしてほしいとお願いして、受け取らずに店を出た。

佐東信也の目は一度も泳がなかった。怖いくらい完璧だったけれど、それが少し気になった。

＊

ボクは美奈子とのセックスに、正当な目的を見出した。

この家族の本当の姿を聞き出すため、美奈子に夢中になったふりをして、積極的に関係を続けることにした。真実がすべて明らかになるまで彼女を上手に利用し、そして最終的にはある行動をとる決意を固めた。

「美奈子さま」

かつて母だと思っていた、セックスしか頭にない、生物学上本当は祖母である彼女を、ボクはこう呼ぶことになった。

「どうでもいいけど、二人きりの時にお母さんはおかしいわね。お祖母ちゃんて呼ばれるのも当然イヤだし……」

そう訴える彼女の希望を踏まえた結果、こうなった。ホストクラブに通っていた頃の、若い男の人たちを奴隷のように扱っていた女王様気分がまだ抜け切らないのだろうと思った。ちょっと呆れたけど、機嫌を悪くしないように何も言わずに受け入れた。

その日の空は朝から鼠色の低い雲が一面を覆い、風はまったく吹かないのに立っているだけで凍え死んでしまいそうな寒さだった。

午後三時。白いレースのカーテン越しに見える外は、今朝からの雲が太陽光の大半を遮り、もう夕暮れのように暗かった。暖かいのに、そんな外の景色のように、暗くて殺風景な美奈子の部屋には白いシクラメンの鉢植えがあった。先日めぐみがプレゼントしてくれたのだと微笑む美奈子は素直に喜びを表していた。シクラメンの花弁は、希望に満ちた子供たちのように、真っすぐに伸びた茎から天に向かって両手を広げるように開いている。花の美しさ、健気さはどんな人間にも心の優しさを思い起こさせてくれるようだ。

シクラメンの花言葉は、清純、内気、はにかみ、遠慮、思いやり、など。

花のイメージは美奈子とはまったくかけ離れている。めぐみがどうしてこの花を贈ったのか不思議に思いながら、ボクは珍しく機嫌のいい美奈子の大きな胸に抱かれ、十秒ほど前に彼女の中に力いっぱい精液を注ぎ込んでいた。

(ちなみに嫉妬、疑惑、なんていう花言葉もある)

ボクは疲れたふりをして、まだ自己主張は強いがだらしなく佇む二つの丘に身体を預けた。幼い頃に一度も抱かれた記憶のないこの女の人に、中学生になって初めて、生まれたままの姿で肌を重ねるなんて、何とも皮肉だと嘆きつつ、今は感慨深かったりもする。頬や手の平に伝わる美奈子の胸の感触はめぐみのものとは違っていた。確かに弾力はすごいけれど、歴戦の影響なのか肌の表面がザラザラしていて全体的に硬くなっている。

「美奈子さまはどうしてお父さんと結婚したの？」

　指先で皮膚の硬さを確かめながら、胸に顔を埋めたまま、タバコの煙を目で追い、質問した。

「えっ、それは前にも言ったでしょ？　二人は教え子と教師の境を越えて大恋愛したって」

「その時はそう思った。でも本当は違うんでしょ？」

「どうしてそう思うの？」

「何となく」

　本当は、美奈子の言葉すべてが信じられなくなったから。

「だとしても、どうしてそんな事を聞きたいの？」

「好きな人のことって、いろいろ知りたくなるでしょ？　まだ子供だからよく知らないし」

　自分でも驚くほど、嘘が簡単に口を付いた。

「好きな人ってあたし？」

「うん、前から好きだったけど、セックスするようになって、美奈子さまをもっと好きになったから」

「あら、その歳であたしの肉体に溺れちゃったのね。まあ、悪い気はしないけど、本気で好きになっちゃダメだよ。こう見えてもあたしはあんたの本当のお祖母ちゃんだし、あんたのお父さんの賢一だっているからね」

「分かってる。ボクは二番目以下でいいよ」

そう言って笑うと、美奈子は気分を良くしたようで、口が滑らかに動き出した。

「中学校に入学した時、あたしはあの人に一目惚れした。歳は二十九歳で三年生の担任で担当教科は国語で、生活指導の先生で生徒会の顧問もしてるっていう情報はすぐ耳に入った。でもなぜだかあの人に近づけなかった。担任は一年生当時に当たった先生でそのまま進級するから、二年生になった時、三年間担任にはならないことが分かった。授業も基本的にその学年の教師で賄うから、結局あの人の授業さえも受けられなかった。それであたしは行動に出た。自分で言うのもなんだけど、性格が明るくて、ナイスボディで結構人気があったから生徒会の選挙で副会長に立候補した。会長にしなかったのは、あたしバカでそんな柄じゃなかったから。絶対に当選したかったけど、気の利いた演説なんて考えられない。だから色仕掛けで男子生徒を取り込もうとした。あたしに投票してくれるなら何でもすると言って一人一人誘惑した。そのうちの一人に演説も考えてもらった。そして男子トイレの中でいろんなことをさせられた。胸を揉まれたり、乳首を吸われたり、アソコを見せていじられたり。あたしの全裸を見てオナニーする奴もいた。中にはあたしと同様おませな奴もいて、セックスも数え切れないほどした。あたしの身体を拒否する奴はいなかった。うん、多分いなかったと思う。裏切った奴もいたけれど、結果見事当選した。当選してもあの人を手に入れることで頭がいっぱいだから、生徒会の仕事は全然しなかった。最初からする気もなかったしね。副会長に当選したもう一人の男子に任せっきりだった。もちろんそいつも選挙前から色仕掛けで手なずけて、時々相手してたから問題なし。ところがあの人ときたら誘惑に全然乗らなくてね。本当は男が好きなのかとさえ思った。何度目かのアタックで、放課後の生徒会室で二人きりになった時、やっとあたしは抱かれた。しめたと思った。これであたしに溺れると思った。でも結局それ一度だけ。おかしいとは思ったけれど、どうしてもあたしのモノにしたかったから、もう一度バカな頭で考えた挙げ句、あの人の弱みを握って今度は恐喝まがいに迫ろうと思った。運動会の真っ最中、人気のない職員室に潜り込んであの人の机の中を引っかき回した。誰かに見つかったら、大騒ぎになっちゃうのにそんなことはこれっぽっちも考えなかった。そうしたら鍵が掛けてある引き出しを見つけた。ここだと思った。必死に鍵をさがしたら案外簡単な場所に無防備に置かれていた。ちょっと間抜けだなと思ったけど、あたしには好都合だった。そこから出てきたんだよ」

「何が出てきたの？」

「教え子を犯している写真がね。セーラー服のまま縛り上げて下着をはぎ取られた女子生徒と自分が繋がった写真さ。それが何枚もね。〝これだ！〟と思ったあたしは喜び勇んで廊下を駆け出した。その時、急に吐き気がした。

強烈だった。〝妊娠した〟そう直感したあたしは、もっとはしゃいだ。案の定、それからひと月以上生理は来ない。確信したあたしは、手始めに写真の件で迫っておいて、妊娠の告白で追い打ちをかけた。中絶させられないようにわざと知らせるのを遅らせてね」

美奈子は得意げにタバコをふかした。

「それじゃあ、お姉ちゃんは……」

「ああ、本当は誰の子か分からないんだ」

衝撃の事実がタバコの煙と共に宙を舞う。

「それから？」

ボクは動揺を隠しながら、目の前にある大きくてゴツゴツした小豆色の突起物をゆっくり摘み、そして引っ張った。

「中学を卒業して、十六歳になった時入籍した。半ば脅しだったけど、少しは振り向いてその気になったたから結婚してくれたと思った。あたしもまだ子供だったたから全然考えが甘かった。あの人は自分の性癖を包み隠すために嘘でもいいから家庭を築く必要があったんだ。あたしの行動は好都合だった。渡りに船だったんだね」

性癖は、性的な趣味嗜好を示す言葉じゃない。美奈子は間違った使い方をしている。

せいへき【性癖】生まれつきの（悪い）ならわし・くせ。

わたりにふね【渡りに船】困っている時や望んでいる時に、ちょうど好都合な条件が与えられること。

「ちゃんと相手してくれたから、そうとは知らずあたしも舞い上がってた！」

語尾に力が籠っていた。タバコを強く灰皿に押し付ける音がした。

「めぐみって名前がよくなかった。めぐみはやらなくてもいいものを、あの人に恵んじゃったよ」

美奈子は続けてめぐみの話を始めた。

「あの人にしか興味がなかったから、めぐみのことなんかそっちのけだった。まだ赤ん坊だったためぐみが、大きくなるにつれてだんだん可愛くなってきた。あたしの娘だからそれは仕方ないんだけどね。あの人はめぐみを溺愛するようになった。すぐに気づけばよかった。そしたらあの子はいつの間にかヤラれてた。今考えると、思い当たる節はあったんだ。あの人はいつもあたしの中には射精《だ》さなかった。あたしみたいなナイスボディで明るくて積極的な性格より、引っ込み思案で大人しい性格で細身のほうが好みだったんだ。めぐみも出てるところは出てるけど細身だし、手籠めにされた教え子の写真をよく見返してみると全員細身だった。性格はあたしのクラスメートだった子とめぐみを見れば納得できた。あの人のそばにいるめぐみが、あの人に気に入られる条件を全部満たしていたから、なるべくしてそうなった。あの人が射精するのは気に入ってる相手の膣内《なか》だけ。あたしになびいてくれなかったのも、今思うと悲しいくらいうなずけちゃうわね」

美奈子は新しいタバコに火を付けた。彼女の目に怒りが籠り、そして涙が浮かんだ。

「……それで……ボクを妊娠したの?」

「そう……。太ってないのに下っ腹だけが膨らんできたからおかしいと思って問い質したら、『お父さんがめぐみのお腹の中で何か出した』って言うんで、慌てて産婦人科へ連れていった。時すでに遅しで妊娠期間が二十二週を過ぎていて中絶もできない状態だった。頭の中はパニックになった。どうしたらいいのか分からなくなった。あたしの中で突然何かがキレた。(こいつにあの人を寝取られた。こいつのせいであの人がおかしくなった。こいつがいなくなれば何も考えることはない。また元に戻る)って短絡的な気持ちになった。衝動的に首を絞めてめぐみを殺そうとしたんだ。実の娘が父親の立場にある男に犯されたのに、身勝手な母親だよね。自堕落で無節操な行いの果てにめぐみを作っておいて、あの人を強引に自分のモノにするための、単なる脅しの出しとしか考えてなかったんだから。その因果が巡ってきた。自業自得。結局あたしもあの人も似た者同士ってことだよね」

だし①【出し】出すこと。出したもの。「蔵―の酒」②【出し・〈出汁〉】出し汁の略。かつおぶし・こんぶ等を煮出して、料理のうまさを増すのに使う汁。「―をとる」。転じて、自分の利益のために利用する物事・人・手段・方便。「―にする」「―に使う」


「お姉ちゃんはそれを知ってるの？」

「首を絞めながら言っちゃった。でもあの子が今でも覚えているかは分からない」

「どうしてお姉ちゃんとボクは死ななかったの？」

「あんたの父親にすんでのところで見つかったからよ。その日、たまたま早く帰ってきてあわや惨劇の場面に出くわした。『母親が父親の子を孕んだ娘を殺したら、お前は罪を償うために私と離れるだけでなく、尋常でないウチの家庭環境がマスコミによって面白おかしく暴露される。そんなことになったら、二人で今まで積み上げてきたものすべてが水の泡だ』って諭されて、思い止まったわけ」

ボクの心も頭の中もグチャグチャになっていた。

「お姉ちゃんはボクができた時、どんな感じだった？」

何かにしがみつきたかった。

「周りはバタバタしていたけど、めぐみは自分のお腹の中に赤ちゃんがいるって自覚した時、すごく喜んでた。あたしに悪態つかれてもいつもニコニコしてた。まだ十二歳なのに一人前に母親ぶって、毎日あんたに話し掛けてた。よっぽど愛おしかったんだね。身体は早熟だったけど、子供を産むにはまだ骨盤が十分成長していないから、普通分娩は無理だと言われた。もちろん帝王切開しかなかったんだけど、お前を殺されると思っためぐみは、自分の身体はどうなってもいいから、産ませてほしいと大泣きしてあたしに訴えた」

少女だった姉を想像した。涙が出そうになった。そしてすごく安心した。心の底から再び元気が湧いてくるようだった。

「でもまあ達哉は幸せね。まだ中学生なのに美人でナイスボディな大人二人と楽しいセックスができるんだからね」

美奈子はタバコをふかしながら、他人事のように吐き捨てる。感情のない口調に一転、ボクの元気は半分萎える。

幼児虐待や、小学校を襲う通り魔、日中我が子を車に残して熱中症で死なせてしまうパチンコ狂いの親。そんなニュースをテレビで見るたびに、大人の身勝手な行動で死んでいった子供たちをかわいそうだと思った。そんな大人には絶対にならないと強く心に誓っていた。でもその反面、どこか冷めていた。ボクの家族には全然関係ないことだと、外から檻の中の動物を観るような気持ちがどこかにあった。ところが真実はボクたちも檻の中にいる動物だった。身勝手な大人はごく身近に存在していた。本当は悲しいけれど、それが現実だ。

今度は涙が溢れてきた。さっきの安心した感情とは違う。理由は確かに喜怒哀楽の哀が大きいけど、それが全部じゃない気がした。

「さあ、美奈子さまにもうひと頑張りしてしてちょうだい」

美奈子に気づかれないように涙を拭って、ボクは彼女の太ももの奥に蠢く、臭くて醜い生き物に舌を這わせた。

＊

結局、昼間の気温は朝の気温を上回らなかったと夕方のニュースで知った。

父賢一がテレビ画面の中にいた。

「〝前日の夜、一緒にDVDを観ていた父親を家族全員が殺される夢を見たと言って深夜に突然刺し殺す〟、〝男女交際について両親にきつく叱られたから、困らせてやろうと思ってバスジャックをした〟。また、〝勉強しろとしつこく言う父親を、以前からムカついてたから殺した〟など、動機が短絡的であまりにも幼稚な少年犯罪の現状、あるいはそれらを引き起こす現在の教育の在り方について先生はどうお考えですか？」

若くはないと思う、アップになると目の横の皺が見える公共放送の女性アナウンサーがさらに眉間に皺を寄せて、いかにも深刻そうに父に質問を投げ掛けている。

「事実だけを見れば、これらは確かに何十年も前には起こり得なかった事件ではあります。しかしだからと言って、今の子供たちが決して昔よりも異常な性格になったというわけではありません。むしろ彼らを取り巻く親や大人たちが誘発していると言えるのではないでしょうか。〝子供は親の背中を見て育つ〟と言われます。その子供が置かれている環境が将来を大きく左右すると同時に、現在にも大きな影響を与えるのです。それでもなぜ親を平気で殺すような事件が起きるのか？　それは現代の親が子供に対する正しいコミュニケーションができないからなのです。その時の気分で叱る。同じことをしているのに怒る時と怒らない時がある。叱られるたびに言っていることが違う。また、子供の前で反社会的な行為、あるいは言動を平気で繰り返す。これでは子供が親から何も学べず、親子の信頼関係が築けるはずもありません。何をしても許されるという安易な思考に傾き、悪い言い方をすれば、親が〝舐められている〟という状況に陥るのです。自分はギャンブルにのめり込んでいるのにそれを棚に上げて〝勉強しろ〟などと押し付ければ、押し付けの強さだけ反感を買うでしょう。それが結果として犯罪という最も悪い形で現れてしまう。ではどうしてこんな親が増えているのか？　それは親たちも子供の頃に同様の環境で育ってしまったからなのです。子供の教育うんぬんというより、彼等を取り巻く大人たちをも巻き込んで、正しい社会の在り方を教育していかなければならないのではないかと、私は考えます」

父の横に並ぶ、某有名国立大学の教授や、その昔は中学校の教諭で、現在は独特な語り口が評判でタレント活動もする教育評論家の肩書きを持つ出演者など、大半が頷いていた。

川村由紀夫もそうだが、ボクはテレビ画面の中に登場する人物は、お笑い芸人やアイドルも基本的には尊敬していた。だってそこまで来るには相当な努力をしていると思うから。父賢一もその中の一人だった。他人だったら今でも一〇〇パーセント尊敬できたと思う。だけど、もう一〇〇パーセントには戻れない。父が力説したコミュニケーションは、今思えばボクとの間に関しても十分取れていたとは言えない。

十分でない中で、ボクは勝手に賢一が偉大な父だと思い込んでいた。画面の中の父の発言に大いに違和感を覚えるけれど、今の自分に良くも悪くも経験や知識が豊富な彼をねじ伏せるほどの破壊力があるはずもない。

だがその父と近い将来敢えて対決しなければならない。体力も知識武装も遥かに劣る現状では、あらゆる要素で返り討ちに遭うのは目に見えている。

だからボクはこう呟く。

（敵わないあなたに対抗するため、ボクはきっと理不尽な選択をするだろう）

＊

美奈子を介した内部調査は続いた。

「『めぐみが私の悩みを解消してくれ。それが家族のためにもなるし、日本のためにもなるんだ』ってお願いされて、お姉ちゃんはお父さんとセックスしてその病気を抑えている、って言ったんだ」

「ふ〜ん、めぐみは達哉にそう言ってごまかしたんだ……」

「違うの？」

「めぐみは自分が相手しているからって、本当にあの人が外で何もしてないとは思っていないはずよ。あの人にとって、教え子はずっと自分の性癖を満足させる対象でしかないんだもの。それは今も昔も全然変わらない」

「それを分かっていて、どうしてお姉ちゃんはまだ続けてるの？」

「お前を産んだ時から脅されているからよ」

「脅されてる？」

「そう。『関係を続けなければ、お前をめぐみから引き離す』ってね」

「引き離すって？」

「お前は生まれた時から身体が弱かったから、施設の整った環境のいい地方の病院にでも入れてめぐみに会えないようにしようと思ったんじゃないのかな。あの人にとってはそのほうが都合が良かったしね。そしたらそれを聞いためぐみの反応がすさまじかった。泣きじゃくって叫んでた。『たっちゃんを連れていかないで！』ってね」

「お父さんのお陰でボクは死ななかったって言ったじゃないか。なのにどうしてボクを引き離そうとしたの？」

「それはあの人が本当は子供が嫌いだから。子供が嫌いな上に、自分のお気に入りを傷付けられた。だからあの人はお前のことが実は憎くてしょうがないんだ。一度は自分で救った命だから殺すわけにはいかない。でもおかしいでしょ？　子供が大嫌いなのに教師なんかやって、しかもションベン臭いガキでしかおっ勃《た》たないんだから、笑っちゃうよね」

　そう言って、美奈子は楽しそうに笑っていた。冗談じゃない。握り締めたボクの拳は怒りに震えた。ボクと姉は誰にも望まれず生まれてきた。ボクたち子供は純真無垢で何も知らずにこの世に降り立つのに、親たちは無理な生い立ちを勝手に押し付ける。

　ボクはこの家族が抱えている、いや賢一と美奈子が抱えているすべての膿《うみ》を暴こうと考えた。暴けば自分の感情がどこに辿り着くかが見えてくる。そしてその感情の赴くまま、素直に従おうと思った。好きだと言っておだてた美奈子の唇は、何の疑いもなくボクの問い掛けに従順だった。

賢一の具体的な騰を聞いた。

「あの人は律儀なことに、自分が手籠めにした教え子たちの写真を撮って、ご丁寧にもやった日付まで記録してる」

こんなことでもなければ、父の書斎を物色しようなんて一生考えなかったと思う。父がいないこの部屋のドアを初めて開けた。正面にはあの黒い革の大きなソファがある。目の前にあるガラステーブルには一輪挿しがあり、白いバラの花が生けてあった。賢一の気配りでないことは明らかだ。自分が何度も辱めを受けた場所なのに、それでもめぐみは彼にひと時の安らぎを与えようとしていたのか。左側の奥の壁は一面が本棚になっている。どれも難しい言葉のタイトルで、ボクにも意味が理解できて読みたくなる本は皆無だ。その前には大きくて深い黒の椅子と重量感のある大きな机が威厳を持って佇む。美奈子の言う通り、証拠のアルバムはその机の一番下の引き出しから何冊も見つかった。こんなに無防備な場所にある賢一の秘密に、驚きを通り越して呆れてしまった。と同時に、尊敬していた自分が恥ずかしくなった。

すぐに気を取り直して一番上の一冊を開いてみる。その写真は一ページに一人づつの割合で整然と並べられていた。

二〇一X年五月十八日（水）

三年五組川村優美。

まずはセーラー服姿で横たわる全身像。

次に上着を捲り上げて胸をはだけたアップ写真。膨らみはまだ少なく、乳首は小さい。

続いて立て膝をした女性器のアップ写真。陰毛が薄く、外形はほぼ晒され、縦の亀裂がわずかに開いて桜色が覗く。美奈子のモノとは比べ物にならないほど端正できれいだった。

その後は賢一のモノと思われる男性器と結合している写真。股を大きく開かせた正常位と後背位の写真が二枚づつ。何ページか開いてみると日付はほぼ一週間おきで、同じレイアウトが続いている。どの女の子も未成熟な体型だと推測できた。彼の病気は本物だ。

二〇一X年九月六日（火）

一年三組井上曜子。

この名前を見た瞬間、鼓動が激しくなり、手が震えた。彼女は小学校時代の同級生で、賢一のいる私立中学校に合格した。大人しくてあまり目立たないけど、頭が良くてクラスの中では一番可愛い子だった。

　全身を襲った大きな衝撃と直後に込み上げてきた怒りで、必要以上の力でアルバムを閉じた。アルバムは机の上で陸に上げられた魚のように跳ね上がり、鈍い音を立てて床に落ちた。慌てて拾い上げ本棚に目をやると、同じアルバムの背表紙が何冊も並んでいる。数える気にもなれなかった。今度は恐怖が身体中を駆け巡り、ボクは書斎を飛び出した。

　自分の部屋に戻ると、勉強机の椅子に座り頭を抱えた。こんないい加減な父賢一と美奈子から早く自立しなければ、めぐみとボクの明るい未来は絶対にないと思った。だけど、めぐみはともかく、義務教育の真っただ中で両親が健在な立場の自分は、外見上今すぐ自立する理由も方法もない。


「……あの人がめぐみに飽きるまで、関係は絶対にやめられない。でもくやしいけど、あの人は一生めぐみに飽きたりしない。根拠はないけど、何となく……女の勘っていうのかな。めぐみがあの人との関係を断つには……そう、どちらかが死ぬしかないかもしれないわね」

　いつかそう言って悪代官の笑みを浮かべた美奈子の顔を思い出した。

＊

美奈子との関係が始まってから一か月くらいすると、重なり合う二人の身体の隙間から水に小石を投げるような音が頻繁に聞こえ始めた。ボクと重なる時のめぐみのように、彼女も幸せな気持ちになってきたのだと思った。

「ねえ美奈子さま、今感じてるの？」

ボクは腰を突き出しながら質問した。

「ああ、感じてる。達哉はセックスが上手になってきたね」

美奈子は目を閉じて答えた。

「美奈子さまは今、幸せな気持ち？」

「ううん、幸せかどうかは関係ない。お前が上手になってきたからイキそうなだけ」

「幸せな気持ちじゃないのに感じてるの？」

「ああ。感じるのと幸せは別物だね。あたしが幸せになるのはお前のお父さんに抱かれている時だけ」

「それじゃあ、ホストの男の人の時は？」

「ホスト遊びの時も、テクニックがある男には感じたけど、幸せな気持ちにはならなかったね」

「でも、お姉ちゃんは幸せな気持ちにならないと感じないって言ってたよ」

「それは嘘よ。濡れてるのが何よりの証拠。いつでも感じてるのよ」

「そんなのデタラメだ！　お姉ちゃんは父さんとセックスしている時、絶対に感じてなんかいない！」

「へえ、そう。達哉はめぐみがあの人にやられてるところを見ちゃったの。その時あの子は濡れてたんだね。何だかんだ言ったってあたしと同じ、蛙の子は蛙、ただの淫乱だったんだね」

美奈子は高笑いをしながら、「たつやくん、感じちゃう。美奈子イッちゃうよう」と嘲笑う口調で強く抱き締めた。ボクは美奈子の膣内《なか》に吐き出しながら強く拳を握り締めた。

まだすべてを知ったとは思わないけれど、自分では処理できないほどナマ臭い芳賀家のゴミが心の中に溢れてしまった。今の素直な気持ちを我慢しきれず、めぐみにぶつけた。

「デタラメな二人から自立して、お姉ちゃんと一緒にすぐにでも家を出たい。でもボクはまだ中学生だから何もできない。美奈子はお姉ちゃんがお父さんとの関係を断つには〝どちらかが死ぬしかない〟って言った。だからボクは思った。（できることなら賢一と美奈子が今すぐ死ねばいいんだ）って」

過激な言葉を聞いためぐみは、呼吸を整え静かに返した。

「たっちゃんは本当にそれでいいの？　死んでしまったら後悔しても二度と会えないのよ」

「ボクはお姉ちゃんの生い立ちだって、小さい頃美奈子にされたこと、それにお父さんに脅されてたことだって、みんな聞いて知ってるんだ。お姉ちゃんだって本当は殺してやりたいほど二人が憎いんじゃないの？」

めぐみは口調も音量も変わらず落ち着いていた。

「確かに全然ないとは言えない。でもよく聞いて。どんなに悪いことをしていても、今まで育ててくれたし、二人はあなたとは血が繋がっているの。あなたはお父さんを尊敬していたんでしょ？　これからもしもたっちゃんとお父さんがきちんとお話ができて、お互いが理解できるところがあれば、違う解決方法が見つかって、そうなったらお姉ちゃんとの関係も解消してくれるかもしれないのよ。だからもう一度よく考えて。それでも二人にそういう気持ちが残るのなら、お姉ちゃんはたっちゃんの言う通りにしてもいい」

めぐみの態度は意外だった。賛同を期待して熱くなっていた身体の芯に、一瞬水を撒いたような冷たさが過《よぎ》った。

確かに人殺しなんてただ事じゃない。手を刺した蚊は叩き落とすけど、それよりも大きな昆虫を面白がって簡単に潰したりはできない。彼らの命の重さとどれだけ差があるかはよく分からないけど、人間の命を無理矢理断つこともやっぱり一大事には違いない。

「分かった……」

一〇〇パーセント納得したわけではないけれど、急に何かを思い付くはずもない。これ以上捲し立ててもあまり意味がないと思った。

「〝死ねばいい〟なんて言葉を簡単に口にしてはダメ！」

「うん……」

最後のめぐみは一変した。柔らかな微笑みがまったくない、強い語気と鋭いまなざしに少し圧倒された。

*

二月の第一木曜日。ここ数日冷え込みが続いていた。季節外れな表現だけど空は紺碧に近い乾いた色で、雲が一つもなく晴れ渡っているのに気温が上がらず、その日も凍えるような寒さだった。

突然、佐東信也が死んだ。その知らせを聞いたのはその日の夕方。会社から帰宅しためぐみからだった。めぐみの様子はというと、少し表情は固かったものの、長い間親交のあった人の思いがけない訃報にしては、落胆度合いが少ないと思った。いつも笑顔を絶やさない彼女のことだから、きっと悲しい気持ちをボクの前では必死に隠していたのかもしれないし、あるいはその知らせを聞いた時、本気で大泣きした人気アイドルグループの解散に比べたら大した事件ではないと捉えていたのかもしれない。

次の日（金曜日）の夕方、めぐみが佐東信也のお通夜に行くと言うので、一緒に付いていった。嫉妬心からめぐみとの関係を疑っていたとはいえ、今あるボクの命を永らえさせてくれた恩人の、この世とのお別れの儀式を無視はできないと思った。加えて今まで人間の死と向き合う機会が一度もなかったので、興味津々という感情を抱いたことも否めない。

服装は単純に学生服でいいと言われた。普段、着なれているから特に外見を確かめる必要はない。めぐみはというと、黒の長袖のワンピースに黒のストッキング。首には真珠のネックレスを掛けていた。そして出発する玄関先でさらにロングコートを身に着け、縦長の姿見鏡の前で全身を振って、外見の乱れを確認していた。そのロングコートは濃紺。非対称にデザインされたショールカラーが上品で美しく、シルエットはフレアー（朝顔形）と呼ばれるもの。落ち着いた大人の女性の中に可愛らしさが覗く、めぐみにはピッタリな服だ。初めて見るその出で立ちは、不謹慎だけど新鮮で、高鳴る胸の鼓動が楽しげだった。お淑やかとは違う別のプラスアルファの雰囲気が漂っていた。きっと悲しいという思いがその姿を映し出したのだと思う。しばらくしてボクは「妖艶」や「なまめかしい」という言葉を見つけ出した。

ようえん【妖艶】女性の容姿が、人の心を惑わすばかり、なまめいて美しいこと。

なまめかしい　あでやかで美しい。特に女について、男の心を誘うような色っぽい美しさがある。あだっぽい。「―く膝をくずす」

「お花屋さんのご主人、心筋梗塞だそうよ。おととい まで元気だったって。まだ四十歳だって、若いのにねえ……」

「ここ何日か寒かったから、無理して心臓に来ちゃったのかしらねえ……」

道すがら、お互いの言葉に頷きながら大きな声でヒソヒソ話をしている喪服姿のおばさん二人とすれ違った。佐東信也が美奈子と同じ歳だったことは意外だった。

お通夜は、アーケードの商店街から伸びる一本の脇道を入ると現れる商店組合の集会所で行われていた。本通りの建物は色とりどりで鮮やかなのに、その一角だけは白と黒しか存在しない沈黙の世界が広がり、何もかもが息を潜めて止まっているようだった。その中でも唯一読経の声だけが響き渡ることを許され、五〇メートルくらい離れている道路からでも鮮明に耳に届いた。近づくにつれ、線香のにおいが鼻をくすぐる。馴れてはいないけれど嫌いなにおいではないと思った。非礼を許された別の種類の響きにも気づいた。故人を悼むすすり泣きだった。儀式は終わりに近づいていたのか弔問客はまばらで、部屋の中は冷たく沈んだ空気に包まれていた。

十二帖の和室に祭壇が供えられ、正面には佐東信也が笑う遺影と白い棺、僧侶が木魚を叩いている後ろには焼香台がある。向かって右側には老夫婦とその娘らしき若い女の人の三人が並んで座っている。泣いているのは老夫婦の奥さんのほう。それはすすり泣きではなく、号泣に近い状態だった。きっと佐東の母親なのだろう。

テレビのワイドショーは時折芸能人の葬儀の様子を映し出す。仕方なく（ボクの個人的想像）芸能レポーターと言われる人種のインタビューを受ける故人の身内は、沈痛な表情をうかがわせるが、基本的に涙は常備されていなかった。今考えれば、死期をある程度認識していたから、心の準備は完了していたと推察できる。しかし昨日の夜まで元気に生きていた息子が今朝急に死んでしまった現実を受け入れられずにいる母親の行動は号泣で当然だと、この空間を実際に体験して心から感じた。父親らしき男の人は口を真一文字にしてただ正面を向いていた。佐東の姉妹らしき女の人は、ずっと下を向いたままで、年齢が故人より上か下か判断する材料がなかった。

めぐみと並んで焼香台の前に座った。遺影に向かって手を合わせ、頭を下げる彼女を真似る。十秒後、お香を右手でひと摘みして顔に近づけ、すぐ左側に移した。それを三回繰り返す。そしてもう一度遺影に手を合わせ、お辞儀をした。今度はめぐみの腰の角度が深かった。ぎこちなかったけどボクもそうした。頭を上げると、遺族もボクたちに深くお辞儀をしていた。

　初めての弔問経験を終え、内心ホッとしていた。これで他のお通夜に行っても大丈夫だなどと変な自信も湧いてきた。死者の前で申し訳ないけれど、何となく晴れやかな気持ちになって焼香台の前から立ち上がろうとした時、隣のめぐみがまだ深くお辞儀をしていることに気づいた。彼女のきめ細やかな髪が顔のほとんどを覆い隠してもめぐみの身体は不動を十秒維持した。慌てて座り直し、彼女を待った。悲しみはアイドルグループ解散の比ではなかった。母親が気づき、中腰になって口を開いた瞬間、隣の父親に肩をつかまれ言葉を遮られた。何を言おうとしたのか、どうして止めたのか、まったく見当がつかないけれど、その中にはとても深い心の動きが存在したような気がした。

「人が死ぬって寂しいでしょ……」

帰り道、めぐみの呟きにボクはただ小さく頷いた。あの長いお辞儀を見て、どんな人の死でも深い悲しみは訪れるのだと思った。

当たり前だけどこれだけは断言できる。

人の死で楽しい気持ちには絶対なれない。

そして佐東信也の死は、ボクの人生経験の貴重な一ページとしてのみ、記憶に残るはずだった。

＊

次の週の金曜日、父が読む朝刊の一面の、小さな見出しがボクを引きつけた。

〝新生血管抑制治療の第一人者、川村由紀夫博士急死〟

叫びたい気持ちをぐっとこらえ、小声でめぐみに話し掛けた。

「ボクの薬を作ってくれた人が死んじゃったって……」

「新聞を見たわ。きっと会社は大変な騒ぎになるわね。お姉ちゃんもずいぶんお世話になったから、葬儀のお手伝いしなくちゃね」

「ボクが飲んでる薬はどうなっちゃうの？」

「大丈夫よ。作った人が死んでも、今まで通りお薬はもらえるから心配しないで」

そう言って柔らかな微笑みをくれためぐみの様子は普段と変わらなかった。いや、むしろ川村由紀夫急死の報が、彼女の表情を晴れやかにしたようにさえ感じた。悲しそうに呟いた、つい先日の佐東のお通夜の時とは真逆の反応が不思議で、ボクは困惑した。

そして、めぐみとボクに関わる大人が立て続けに、しかも〝簡単に〟と思えるほどあっさり死んだのはただの偶然ではないと思った。

と同時に、日毎募らせる父と美奈子に対するボクの強い憎悪に呼応して、何かがどこかに向かって動き出したような気がして、少し気味が悪かった。

＊

三月の第一日曜日。朝、九時半にリビングを覗くと父の姿はすでになかった。そしてボクは閉ざされた書斎のドアの前に立ち、大きく深呼吸をする。

めぐみに言われたことをずっと考えていた。

もちろん、その間に起こった二人の死も踏まえてだ。父とは心の深い部分で言葉を交わしたことがほとんどないまま、一方的に憧れを抱き尊敬していた。そしてめぐみとの関係を知ってからは、周りからの情報収集だけで一方的に軽蔑し、憎しみを抱いた。父の受け売りで何とも歯がゆいけれど、これでは明らかにコミュニケーション不足が招く犯罪が起きかねない状況にある。

だからといって、すべてのわだかまりを打破するためにいきなり本題を切り出す勇気はない。でも何かを起こさなければ何の進展もない。

朝食を済ませた後、自分の気持ちを鼓舞してボクはドアを叩いた。生まれて初めてだけど、これが最初で最後になるかもしれないし、ずっと続くかもしれない。運命のノックだ。

こぶ【鼓舞】はげましふるい立たせること。「士気を―する」

父をキャッチボールに誘おうと思った。そのために、安物だけど軟式用のグローブを二つと真新しいボールを一個、自分のお小遣いで買って用意した（元を辿れば、もちろん父の稼ぎということにはなる）。

「はい」

ノックの音の三秒後、乾いた返事が聞こえた。

「あの、達哉です」

「何だ？」

「あの、お父さんにお願いがあるんだけど、開けていい？」

「ああ」

再び三秒後に返事が聞こえた。ボクはドアのレバーハンドルをゆっくり回し、恐る恐る開いた。父は普段あまり見ない太い黒縁のメガネを掛けていた。深くて大きな革製のソファに座り、少し前屈みになって、ガラステーブルの上に開いた分厚い本を凝視していた。

「お父さん、今日も忙しい？」

「ああ、忙しいけど何だ？」

父はゆっくりボクの方を向いた。

「ちょっとの時間でいいから、ボクとキャッチボールをしてほしいんだけど」

「どうしたんだ急に？」

鋭くなった視線に少し気後れした。

「前から身体が丈夫になったら野球をやりたいと思ってたんだ。だから……。グローブとボールも買ったんだ」

「そうか、今は調べものをしているからダメだけど、夕方ならいいぞ」

「うん」

父の視線は本の上に戻ったまま動かず、返事には相変わらず感情がなかった。

でも、とりあえず第一ステージはクリア。


午後四時。リビングでぼんやりテレビを観ていたボクの身体は、書斎のドアが開く音に敏感に反応し、ソファから飛び跳ねた。

「十五分だけならいいぞ」

父の足音が近づき、何の前置きもなくリビングに声が響いた。グローブ二つとボールを両手に抱えている姿を見たのだと思う。その後は無言のまま足音が玄関に向かった。家から歩いて三分くらいのところに近所の小学生の大半が集合する、わりと大きくて新しい公園がある。最近は無関係な人がケガをする危険があるとかいって野球やサッカーなどの球技を禁止する場所もあるけれど、そこはさほど厳しくない。時々楽しそうにキャッチボールをする親子を目撃しているので何の問題もない。

そして父との対決において、この啓蟄の季節を意識した。いろいろな生き物が動き出すこの時期に事を起こし、自分なりに進むべき道を模索しようと思った。

けいちつ【啓蟄】二十四気の一つ。陰暦の三月五日前後。「―の候」▽冬ごもりの虫がはい出る意。

足早の父を追って慌てて玄関を出た。風は意外に冷たくない。啓蟄を意識しても現実の気温が暦通りに動くとは限らないと高を括った考えは、見事に裏切られた。フード付きのダウンジャケット着用では重装備すぎたと後悔したものの、先を行く父を待たせるわけにもいかず、仕方なくそのまま後を追った。

公園に向かう間、父の右斜め後ろを歩き、お互い無言だった。ボクは緊張していた。媚茶色《こびちゃいろ》のチノパンツに黒のタートルネックセーターという軽装で歩く父と、季節がずれた自分の外見が意味もなく気持ちを落ち込ませ、より一層近寄りがたい距離を感じてしまった。話すきっかけを見つけられない親子関係は、考えたらやっぱりおかしい。

公園には、虫たち同様暖かな陽気に誘われた人間たちが湧いていた。その様子をうかがいながら入り口で速度が鈍った父の左脇を擦り抜け、二人が使えるスペースを迅速に確保するため、先に公園に飛び込んだ。すると間を置かず、父はボクが走り出した方向に早足で付いてきてくれた。最も気まずい雰囲気から解放されたようで少し嬉しくなった。

無言でグローブを渡し、父が立つ場所から駆け足で十五歩ほど離れ、素早く振り返る。

「キャッチボールなんて何十年ぶりだろう」

父は小さく呟き、拳を作った右手が左手にはめたグローブの中でパンパンと二度音を立てた。高揚感が伴った父の素直な感情を初めて聞いて、ボクの気持ちも少し昂った。

「行くよ」と言って父へ投げた初めの一球は、とんでもない方向に飛んでいった。ポメラニアンを連れてベンチに座っていたおじいさんがボールを拾ってくれて、「すみません」と笑顔を見せた父に素早く投げ返してくれた。

「ごめんなさい」

初めてほころぶ父の表情を見て無意識に言葉が溢れた。返事はなかったけれど、ボクにも微笑んでいたような気がした。父が投げたボールはグローブを構えた胸の前に戻ってくる。全然豪速球じゃないのに、すごく重く感じて左手の人差し指が少し痺れた。体重が乗ったボールは重いってプロ野球の解説者は言ってたけれど、それとは違う気がした。きっとこれは大人にならないと分からない現象なのかもしれない。ボクの二球目は、少しそれたけど父のグローブの中にきちんと収まった。その後しばらくボールは淀みなく二人の間を往復した。父のグローブはパシッと軽く鳴りボクのグローブはバシッと重く響いた。

二人ともやっぱり無言だった。グローブの音だけが鼓膜を震わせた。父の笑顔は最初の二球で消えてはいても、いつもの張り詰めた雰囲気はなかった。言葉が空気中を行き交わなくても、いっぱい会話しているような気がして今までにない楽しさを感じた。もしもこれからも今日のような対決が可能なら、父の過去の行動を一〇〇パーセント理解するのは困難でも、許せないと思う気持ちは一〇〇パーセントから減らしていけるかもしれない。そうしたらめぐみの言うように、別の解決策が見つかるかもしれない。……なんてボクは独りで勝手に心を躍らせていた。

重装備で汗ばんだ額が忘れていた時間の経過を思い出させると、突然父は投げるのを止め、何も言わずに歩き始めた。公園の時計は最初の一球からピッタリ十五分動いていた。ボクは素早く父に近づき、上気した気持ちのまま、もう一度おねだりをしてみた。

「お父さん、これからも時々キャッチボールしてほしいんだけど……」

「それは分からない」

父の言葉はいつものように冷たかった。

「別に定期的にってことじゃないんだ。それもほんのちょっとの時間でいいんだ」

ボクは勇気を出して食い下がった。

「約束はできない。お父さんは家族のために働いているから忙しいんだぞ。今日はたまたま付き合えただけだ。お前ももう中学生なんだから、そのくらいの事は理解しろ！」

キャッチボールをしている父を見ていて、快諾してくれる期待感があった。いや快諾は無理でも、言葉を濁してもいいから、せめて淡い期待を抱かせるような返事がほしかった。

でももう十五分前の、和んでいた父はいなかった。落胆と同時に発した、（そんなに強く否定しなくてもいいじゃないか）という心の呟きが、沈静化していた怒りを一気に蘇らせた。

（父は〝家族のため〟とか言いながら、本当は自分のことしか考えていない）

その言葉が脳裏に刻まれた瞬間、反撃に迷いはなかった。

「お父さんはボクのこと好き？」

「藪から棒に何を言い出すんだ？　嫌いなはずないだろ」

　案の定、心のない返事だった。

「だったらボクのこと、いろいろ知りたいよね」

「当たり前じゃないか。父さんはまだ未成年の達哉の保護者なんだから、当然その義務がある。もしも父さんが知らない何かがあるのなら、報告してほしい」

　もっともらしい言い方だけど相変わらず心がない。

「もしもボクがいけないことをしても？」

「いけないことならなおさらだ。何かしたのか？」

「世の中ではいけないことでも、芳賀家ではOKみたいなこと」

「何だその言い草は？　聞き捨てならないぞ。普通はダメで、芳賀家では良しなんてことはあり得ない！」

「……お父さん、ボクはもうセックスしたんだ」

　父は立ち止った。

「何？　未熟者のお前が、まだ早い！　一体誰としたんだ？　同級生か？」

「ううん、違うよ」

「それじゃあ、誰だ？」

「お姉ちゃんとだよ！　そしてお姉ちゃんは妊娠中絶もした！」

健康的な琥珀色した父の顔色がみるみるうちに病的な赤銅色へと変化する。同時に目は鬼のように吊り上がり、唇は小刻みに震え出した。

「バカヤロー！　めぐみとセックスして、妊娠中絶もさせただと！」

言葉が終わらないうちに、生まれて初めて左頬に肉体的な苦痛を感じた。体育会系の体格から繰り出された拳をマッチ棒の身体が受け止められるわけもなく、ボクは地面に倒れ、右肘と背中を強打した。一瞬息ができなくなった。口の中が切れたみたいだ。それでも無謀な応戦を続けた。大きく深呼吸をして吐き捨てた。

「そうだよ、ボクは近親相姦をした。普通、世の中ではいけないことをね！　母さんともした。母さんもボクの子を妊娠したかもしれないよ」

父は倒れているボクの胸ぐらを摑んで強引に引き起こし、さっきと同じ鬼の形相で何かを言おうとした。でもボクは待たなかった。

「お父さんだって、お父さんだって……」

涙が溢れていることに気づき、言葉に詰まった。それでも睨み返していると、父の表情は強張り、動きが止まる。

「もういいよ……」

父の腕を振り払って、背中を向けた。怒りはある。でも涙のせいで実力行使を強く推し進めた感情は消え去り、諦めへと姿を変えた。

「もういいよ……」

父に聞こえない小さな声でもう一度呟き、家に向かって歩き始めた。

溢れた涙はものすごい流れになった。道路も建物もぼやけて見えた。車が走っていたら事故に遭ったかもしれない。二人の様子を誰かが見ていたかもしれない。でもそんなことはどうでもいい。世間の目なんてどうでもいい。何もかもが投げやりになった。

（もういい！）

心の中でもう一度叫んだ。

大好きなめぐみの言う通りに、本当になればいいと思っていた。最後の望みに賭けたけど、やっぱりダメだった。簡単に折れた心に辛抱強く対決を続けるという選択肢はない。

もういい。この人とは分かり合えない。もう分かり合おうとも思わない。

ボクはめぐみに最後の意思決定を告げることにした。

＊

月曜日。カーテンの隙間から差し込む朝の光を感じた時、あれだけ強かった負の感情がまったく残っていないことに気づいた。左頬はまだ腫れていて痛い。とても後味の悪い出来事でも、父に自分の感情をぶつけたことが気分を晴れやかにしていた。昨日の夜、泣きながらめぐみに「お父さんも美奈子もいなくなればいいっ！」と訴えた。そんな自分を素直に後悔した。起きたら父に謝ろう。そしてもう少し父と話してみよう。素直にそう思ったボクは、目覚まし時計が鳴るまでの一時間、穏やかな気持ちでまどろんでいた。

まどろむ　とろとろとねむる。軽くうとうととねむる。「浅く――」

でも晴れやかで穏やかなのはここまでだった。ずっとずっと忘れられない一日がこの直後に始まった。

突然野生の猛獣の雄叫びのような美奈子の声が響き渡り、ボクは布団を跳ね上げた。家の外も不気味なほど静まり返っていたから、その声は胸に矢を射られたように直接心に届き震えた。どうやら美奈子が今までに聞いたこともない勢いで喚き、泣き叫んでいるらしい。隣の布団にめぐみはいない。時折美奈子に話し掛けている小さな声が彼女だとすぐに気づいた。

部屋を出て恐る恐る二人の声がする方へ向かった。近づくにつれ、美奈子の嗚咽はますます音量を上げている。やがて辿り着いたすさまじい音源の位置は、父の寝室の枕元だった。

体育会系の日焼けした琥珀色の顔が、今まで見たこともない、美術の授業で使う絵の具でも作り出したことのない、紫のようで緑のようで、茶のような不思議な色、青みを帯びた朽葉色《くちばいろ》（青朽葉）に変わって、ロウ人形のように固まり一点を見つめていた。

ボクの胸の鼓動は一気に跳ね上がり、その場に倒れてしまった。


気づくと布団の中にいた。枕元にめぐみの残り香が漂っている。甘く穏やかな香りを吸い込んだら直前に見た出来事の余韻は消え、再び意識が飛んだ。次に気づいた時には部屋の外で何人もの大人の声がした。どれも男の人の声で、まったく聞き覚えがなかった。美奈子はまだ泣き叫んでいたが、めぐみはそのうちの一人の声に冷静に対応しているようだった。話し声が途切れると、ドアを開ける音がした。寝ているふりをしてやり過ごし、十秒後めぐみがドアを閉める音を合図にボクは布団を出た。

確かめなければいけない。今、家の中で何が起こっているのか、自分の五感すべてで理解しなければいけない。強くそう思った。

「……分かった。仕方がないわね……。でも心配しないで。たっちゃんの知らない間にお父さんはきっといなくなるから……」

めぐみの言った通り父は突然死んだ。昨日の夜、泣き疲れて早く寝てしまった後、めぐみが父に何かをしたに違いない。何かをしたのはボクが決めたこと。自分が撒いた種。だけど彼女の行動があまりにも迅速で、頭と心はパニックを起こし全身の機能がシステムダウンした。無責任な現実逃避の尻拭いはいつだってめぐみだ。彼女のために強くなろうと心に誓ったのに、毎度のことだけど情けなくなる。苦しい言い訳をするなら、待ち受ける困難が遥かに想像以上だったゆえの醜態なのだが、もうそんなことは言っていられない。

部屋を出てもう一度父の寝室へ向かった。寝室のドアが視線に入る、一番遠い廊下の隅でボクは一旦足を止める。入り口のドアには黄色いテープが貼られ、廊下には知らない男の人とめぐみが向かい合っている　どうやら寝室には入れないようだ。父と同じくらい背が高くて体格のいい男の人は、白い手袋をして左手に持った黒い手帳に視線を落としていた。刑事だとすぐに分かった。美奈子は二人の少し後ろで、まるで全身の骨が溶けてしまったように床に崩れたまま泣き続けていた。

「……それで昨晩はお父さんに変わった様子はなかったんですね？」

刑事の必要以上に大きくて太い声が廊下に響いた。

「そうだよ！　めぐみが！　めぐみが……」

めぐみに質問を始めた刑事に反応して顔を上げた美奈子が、突然思い出したように叫んだ。同時に胸の鼓動が大きくひと鳴りする。めぐみはやっぱり昨日の夜、父に接触した。それを美奈子は知っていた。「めぐみが殺したんだ！」そう美奈子が口にすれば、たとえ冗談でも刑事が聞き流すわけがない。

家族の真実が暴かれてしまう。

「最後に会ったのはお嬢さんなんですね？」

美奈子の言葉に刑事が乗った。美奈子はさらに身を乗り出した。ボクの拳に力が入る。

「はい」

めぐみの口調に迷いはなく冷静だった。

「私が寝る前に、父の書斎にコーヒーを持っていきました」

「それは何時ですか？」

「十一時半頃です」

めぐみは冷静さを貫き通した。美奈子が何も話せないことを確信しているようだった。

「ちょっとすみません」

めぐみがボクに気づいて近づいてきた。

「たっちゃんはお部屋に戻って休んでいなさい」

めぐみは耳元で優しく囁いた。

「お父さんは？　中に入れないの？」

めぐみの忠告を無視してボクは尋ねた。

「今、お医者さんが来ていて、お父さんが死んだ原因を調べているの。だから中には誰も入れないの」

「弟さんですか？」

めぐみの後ろから刑事の野太い声が届いた。

「はい、でも弟は病弱で、昨晩もぐっすり寝ていたので何も知りません」

めぐみは刑事の方に振り向き、素早く回答した。

「そうですか。まあ、何かあれば、落ち着いてから後ほどお尋ねします」

めぐみは刑事の視線を遮るようにボクの前に立った。

「お姉ちゃん……」

「大丈夫だから、たっちゃんは何も心配しないで……ね」

刑事の声に動揺した心をまるで催眠術のような柔らかな微笑みが、一瞬で穏やかにしてくれた。

「うん……」

突然、青朽葉のロウ人形のような父の顔が頭に浮かび、驚いて目を開けた時、蛍光灯の明かりに一瞬顔を背けた。外は真っ暗で知らない大人の人の声も美奈子の泣き声も聞こえない。犬の遠吠えと、近所を走る車の音が家の中を軽やかに擦り抜ける。何事もなかったかのように冷たく静かで、すべてが夢だったような気さえする。

顔を右に向けると、めぐみがボクを見つめて座っていた。いつもなら彼女の存在だけで心が安らぐはずなのに、無意識にめぐみに抱きついていた。考える前に身体が彼女の温もりを求めて勝手に反応していた。

「お姉ちゃん、お父さんは本当に死んじゃったの？」

「そうよ……」

やっぱり夢じゃなかった。

「ボクがお姉ちゃんに『お父さんなんかいなくなればいい！』って言ったからだよね？」

「そうよ……」

下から見上げためぐみは悲しそうな目をしていた。

「お姉ちゃん、ボク怖いよ！」

もう一度めぐみの胸に飛び込むと、力が強すぎて二人はそのまま床に倒れ込んだ。悲しくはない。自分が何に脅えているのかもよく分からない。全身がガタガタ震え出す。でもめぐみの柔らかくて暖かい胸は何も変わらずわがままを許してくれた。何も言わずにめぐみは頭を優しく撫でてくれた。

ボクはめぐみの香りを胸いっぱい吸い込む。

やがて震えは少しづつ納まり、意識せずに口が自然に開いた。

「お姉ちゃん……どうやってお父さんを殺したの？」

めぐみは驚きもせず、少し口元を緩めて答えた。

「お姉ちゃんは殺してないわ。お父さんは自然に死んだの」

「それじゃあ、どうして死んだの？　お姉ちゃんは死んだ原因を知ってるんでしょ？　何かしたんでしょ？」

「うん。でもたっちゃんはまだ何も知らなくていいの」

「どうして？」

「さっき刑事さんが来ていたでしょ。自宅で突然人が亡くなった場合、警察のお医者さんが死体を観察して死んだ原因を調べるの。それで事件性がある場合は解剖に回されるの」

「それで？　お医者さんはなんて言ったの？　殺人事件だって言ったの？」

「ううん、原因は急性の心筋梗塞だって」

「でもそれはお姉ちゃんが何かしたから、そうなったんでしょ？」

「そうよ」

「お医者さんは『不審な点がある』とか、言わなかったの？」

「事件性はないだろうって。でもお母さんがもっと詳しく調べてくれって言ったから、お父さんは解剖されることになったの」

「解剖されたら、何かしたのが見つかっちゃうの？」

「それは分からない。でも、もしそうなったら、たっちゃんも事情を聞かれるわね」

「そうしたら？」

「たっちゃんが原因を知っていれば、知らないふりをしていても、刑事ドラマのように取り調べ室へ連れていかれて、無理矢理自白させられるかもしれないでしょ？　その時あなたが抱えている特別な感情も、刑事さんならきっと分かる。だから何も知らないほうがいいの。知らないものは話せないんだから。それで心当たりがないかって聞かれたら『お父さんはボクたちのために毎日一生懸命働いていた』って言えばいい。そうすれば中学生のたっちゃんは何も疑われないわ」

　そう言ってめぐみは微笑むけど、不安はどんどん大きくなった。

「お姉ちゃん……」

「なあに？」

「キスして」

「うん」

めぐみの唇がボクの唇を強く塞ぐと、直後強く抱き締められた。彼女の口から何か暖かなエネルギーがボクの体内に流し込まれたような気がした。

二日後、どこかの大学病院で行われた解剖の結果、疑わしい原因は何も出てこなかったと知らされた。

警察医の最初の意思が反映されたまま、事件性がないという前提で手続きが進んでいったのだと思う。結局刑事がボクの前に現れることはなかった。

きっと近所でも評判のいい〝アットホーム・ファミリー〟と呼ばれていたせいで、誰もが〝人を殺すなんてあり得ない〟っていう先入観で動いていたみたいだ。

せんにゅうかん【先入観】初めに知った事に基づいて作られた固定的な観念。▽それによって自由な思考が妨げられる場合に言う。「先入主」「先入見」とも言う。

大人って結構いい加減なんだなと思った。

＊

父がいなくなると、急に家の中が広くなり、部屋の温度が少し下がったような気がした。四人でいるのが息苦しいほど狭くはなかったのに、体温が三十六度ちょっとで、毎日呼吸をしていた人間が一人減ると、こんなにも家庭の空気が冷えてしまうのかと正直驚いた。普段、存在感を誇示しなかった賢一でさえこんな感じなのだから、本当に家族思いの父親が逝ってしまった家庭では、生きながら地獄のような生活がしばらく続くのだろうと思った。

そして父の急死がこんなに世間を騒然とさせることも、まったく想像できなかった。弔問客が近所の小さなお寺ではとても間に合わないほど大勢来ることだってボクには予想できなかったし、芳賀家が歴史の教科書に載っている空海（弘法大師）というお坊さんが開いた真言宗の中の豊山《ぶざん》派という宗派だったことも初めて知った。

急きょ通夜と葬儀が営まれた東京の文京区にある護国寺というお寺は、昔二十六歳でこの世を去った伝説的なカリスマロックシンガーの葬儀をしたことでも有名だそうだ。

二日間の弔問客は人気芸能人並みに一万人を越えた。父に縁のある公共放送は午後七時のニュースで取り上げ、父と一緒にテレビ出演していたどこかの大学の教授や教育評論家、それに学生時代に数々の問題行動を起こし、やがて恩師の言葉で教育の道を目指したと話題になった国会議員や、夜の繁華街を歩き回って道を踏み外しそうになっている少年少女に手を差し伸べたという元高校教師のあの人も来ていたことを民放テレビのワイドショーで知った。松井純一と宮脇大輔も来てくれたと後日話したけれど、まったく気づかなかった。

　葬儀を行う僧侶の手配や、火葬場、お清めの食事の手配など、すべてをめぐみが取り仕切った。生きているのに、魂が抜けてしまったようにふらふらしている美奈子と、どうしていいのか分からないボクは、めぐみの横でロボットのようにただひたすらお辞儀を繰り返しているだけだった。

　好きだと言いながら、時々父に対する不満をベッドの上で口にしていた美奈子は、四十九日の納骨を済ませても、まったく立ち直る気配がなかった。外出する気力もなくして、部屋に閉じ籠ってばかりいた。それでも時々寂しさが募るのか、ボクの拙いセックスをねだった。今ではそれが唯一のコミュニケーションになった。

「元気出してよ、美奈子さま。ボクが付いてるからさ」

　いずれ父の後を追うことになるのを知っていながら、心にもない励ましの言葉を掛けてしまうほど、彼女は憔悴しきっていた。

しょうすい【憔悴】（心痛や病気のため）やつれること。

　いつものように美奈子の膣内に射精すると彼女の目から涙がこぼれた。

「どうしたの？」

「達哉、聞いてくれる？　あの人にも打ち明けたことなかった話……」

「う、うん」

しおらしい話しぶりに思わず頷いてしまった。

「あたしね、子供の頃はお父さん子だったの。何をするにも父親と一緒。遊ぶのも。お風呂に入るのも、寝るのも一緒。もちろん母親も大好きだった。その両親が、小学三年生の時に交通事故であっけなく死んだ。二人とも近くに身寄りがなくて、あたしは施設行き。

一年後、施設で何度か見掛けたことのある中年夫婦があたしを養女にしたいって言ってくれて、その家に引き取られた……」

かつてない展開にボクの聴覚は釘付けになった。

「ところが養父がとんでもない男だった。引き取られて間もなく、あたしはそいつに手籠めにされた。あたしの身体は成長が早くて、身長も体型も、ちょっと見でも分かるくらい同学年の女の子より大人びてたから、初めからそれが目当てだったのかもしれない。

その後すぐに養母が死んで二人っきりになったとたん、待ってましたとばかりに養父はあたしを虐待し始めた。毎日のように暴力を受け、犯され、食事さえろくに与えられなかった。養父は世間に不満を抱いてあたしに八つ当たりしてたわけじゃない。それが彼の趣味だった。その証拠に悪い噂は一切なかった。

泣きながら『お腹が空いた』と訴えると、『めしが食いたきゃ自分の身体で稼げ！』ってまだ小学生なのに大人相手に売春までさせられた。それからは欲しいものがあったら身体を売って手に入れるしかなかった。当然何も知らないで何もしないから妊娠もした。中絶する費用も自分の身体で稼いだ。そのお陰で中学校に上がる頃にはもういっぱしの世を拗ねた娼婦きどりさ。

そしたら、あの人がいた。あの人は死んだ父親に瓜二つだった。それであたしはのめり込んだ。〝あの人は絶対あたしを愛してくれる〟って勝手に思い込んだ。でも近づく方法が分からない。だから単純に自分の身体で何とかすることしか思い浮かばなかった。あの人をものにするしかなかった。でもあの人はやっぱり父親じゃなかった。養父と同じ異常な性癖を持つ歪んだ人間だった。それでもあの人には養父と違って優しさがあった。強引に誘うあたしに根負けして、時々相手してくれた。でもそれ以外は全然無視された。無視されても一瞬の優しさが忘れられなくて離れられなかった。もっとかまってくれさえすれば、ホスト遊びなんかしなかった。ホスト遊びなんかしたくなかった。少しはヤキモチを焼いてほしかった。あたしの肉体目当てに言い寄る若い男の話を、あの人の前であることないこと喋りまくった。金遣いが荒くてもあの人は何も言わなかった……」

美奈子の目に涙が浮かんだ。

「(ざまあ見ろ！　今日も一人あたしの虜にしてやった）ってあの人に向かって心の中で吐き捨てた。でも、吐き捨てた後涙が止まらなかった。いつも罪の意識に悩まされた。本当は寂しかった。本当は寂しかったんだ……膣内《なか》で射精《だ》してほしかったんだよう……」

ボクは美奈子を抱き締めた。か細いボクが豊満な美奈子を抱き締めた。過去の行いがどんなに酷くても、目の前で泣いている女の人に唾を吐くようなまねはできなかった。でも今頃言っても、もう止められない。

＊

父の犯した罪が永遠にバレないよう、すべての証拠を燃やすことにした。生きている間さんざん悪行を重ねた人間でも、その死後まで顔に泥を塗る必要はないと思った。そんな行為を〝死屍《しし》に鞭《むち》打つ〟と言うらしい。


死屍（しし）に鞭（むち）打つの解説　《伍子胥（ごししょ）が、楚（そ）の平王の死体を鞭打って父兄の恨みを晴らしたという、「史記」伍子胥伝の故事から》死んだ人の言行を非難する。屍（しかばね）に鞭打つ。

（goo 国語辞書　https://dictionary.goo.ne.jp/word/ より）

それらは以前に発見した通り、書斎の大きな机の一番下の引き出しと、何食わぬ顔で壁一面の本棚の一角に難しい言葉の書物と一緒に並べられている。今思うと、わざと目につく場所に置いていた気さえする。ボクはすべての中身を迅速に取り出し、事務的に処分を遂行しようと考えた。

ところが思惑は容易に崩れた。開けた引き出しの中で父の手紙がボクを待っていたのだ。

「達哉へ」

初めて父親らしい行いをした日に綴る。

達哉がこの手紙を見つけて読んでいる頃、私はこの世にいないかもしれない。お前はこの真実にすでに気づいていたんだね。まだまだ子供だと思っていたのに、いつの間にか大人の世界のことを理解するようになっていたんだね。どういった形にせよ、私の愚行がいつかは知られ、その報いが必ず訪れると覚悟はしていた。とはいえ、私の予想よりは少し早くていささか驚いている。

さっき達哉が言いたかったことは分かっている。私は教師として、父親として、人間として、あってはならない過ちを犯してきた。

お前が手を下さなくても、いずれは誰かにあるいは神様に葬られる運命だったに違いない。

しかし、これだけは信じてほしい。

教師としての仕事を私の天職だと信じ、より良い教育の在り方を求めて、研究、努力を重ねた日々は決して偽りではない。


しばし父の懺悔を聞いてほしい。


学生時代、教育者に憧れ、ありきたりだがさまざまな夢や希望を抱いて教師になった。

最初に席を置いたのは公立中学校。胸を躍らせて始めたものの現実は厳しかった。夢や希望だけでは片付けられない問題が数多く存在した。教育の現場は、自動車工場の生産ラインのように右から左へと流れるようには進まない。だが私たちは、まだ未熟ではあるがそれぞれが個性を持った人間の集まりを恰も自動車工場の生産ラインのように統制し、社会に送り出さなければならない。そんな生徒たちの後ろにはさらに二人づつの個性を持ったある意味エゴの塊のような親たちが付いている。

モンスターペアレンツという言葉が生まれるずっと以前のことだ。そして私の周りにはこれまたエゴの塊の同僚、上司が存在する。

新米の頃は、あらゆる人間の考えを真摯に受け止め、自分の教育方針に反映させようとした。今考えれば教育者として未熟であった自分が、すべての意見を尊重できる術などあるはずがない。上手く消化しきれない状況が続くと、次第に周囲の声に恐怖を感じ始め、他人との接触を故意に避けるようになった。

それに加えて、日々課せられた山積みの仕事がさらに自分を追い詰めた。放課後も残業で遅くまで帰宅できない。疲れているのに夜眠れない。食事が喉を通らない。

私の肉体をさまざまなストレスが襲い始めた。

深夜の帰宅途中、たまたま目にした風俗店に誘われるように迷い込んだ。お前にこんなことを打ち明けるのは恥ずかしい話だが、風俗嬢の優しい対応に一時世間のしがらみを忘れ、私は気持ち良く射精できた。

私はのめり込んだ。風俗店に通い詰め、淀んだ頭を性欲の解放でリフレッシュさせて教育の現場に戻った。時には我慢できず、授業の空き時間に足を運んだりもした。

誓って麻薬を使用した経験はないが、繰り返し罪を犯す常習者の心理がその時初めて理解できた。

だがそれも付け焼き刃だった。変化はすぐに現れた。昨日満足したことが、今日はもう物足りない。より強い刺激を求めて、身体の欲求が日増しにエスカレートしていることに気づきうろたえた。冷静さを失った私の決断は、より異常な世界へ突き進むこと以外なかった。女性を縛り上げ陵辱することで興奮を得た。私が課した仕打ちで苦痛に歪む表情は、この世のものとは思えぬほど淫靡で妖艶だった。

それでも限界は目に見えていた。何時かはこれも無意味になる。さらに強い刺激を求め、際限なく繰り返される欲望は、自らを死へと誘う。恐怖心がより強大なストレスとなって再び私の肉体を襲い始めた。

今の若い連中なら、状況が泥沼化する前にたやすく身を引くだろう。しかし教育を一生の仕事と考えていた当時の自分に、その選択肢はあり得なかった。心も身体も刹那の快楽と死の恐怖に苛まれながら、目に見えて疲弊していくのが分かった。

そんな時だった。

生徒会室で役員の生徒たちと文化祭についての話し合いをしている時、おもむろに椅子から立ち上がった私の目に飛び込んできたものは、一人の女子生徒のセーラー服の胸元から覗く、未成熟な乳房だった。富士山の稜線のように内側に弧を描く、その膨らみの頂きに小さくそびえる乳首を見た瞬間、少年のように興奮し激しく勃起した。そ彼女は自分の意見をはっきり言う反面、性格は控えめで、普段は大人しい生徒だった。

これがすべての始まりだった。

放課後、彼女を生徒会室に呼び出し、生徒会運営の助言を与えるふりをして個人的に親しくなった。信頼関係が深まったのを見計らい、私は睡眠薬入りジュースで彼女を眠らせ、セーラー服のまま痕が付かない程度に優しく手足を拘束した。

すると下半身はかつてないほどの昂りを見せ、我慢できず私は彼女を犯した。そして目覚める前に後始末をし、眠ったのは活動の疲れもあるから健康に注意するようにと、もっともらしく忠告し、何くわぬ顔で下校の挨拶を交わした。

その後、同じ手で何度も関係を持った。ストレスはみるみる解消し、体調は回復した。お陰でそれまで以上に仕事に集中できた。

時の女神はそのたびに無邪気に微笑んだ。

「先生のそばにいるとなぜだかすぐ眠くなっちゃう。そしていつも優しく包まれているような夢を見るの。安心できるからかな？」

気づいているのに行動を容認しているような言葉の裏に、私に対する好意を感じた。だから私は味を占めた。気になる女子生徒に声を掛け、悩みがあれば放課後呼び出し親身になって相談に乗った。今でいう心のカウンセリングのような行為は口コミで他の女子生徒にも評判が広がり、頻繁に相談者が訪れた。

　以前からスポーツマン上がりの整った外見のみが持て囃されていた私が、信頼を得たことで、彼女たちの間に〝相談に行く＝すべてを許す〟という暗黙のルールを作り出した。結果として、好みの女子生徒が眠らされるのを承知で私の懐に飛び込んでくる日常が生まれ、同時に労せずして彼女たちを縛り、犯すことができる理想の日常をもたらした。

　その後、それまでの苦しみが嘘のように活力が漲り、私は死に物狂いで仕事に打ち込んだ。その幸運を長続きさせなければならない
だから微塵も疑われてはいけない。そう心に強く誓ったのだ。

　ところが一度だけ、相談を受けた女子生徒に妊娠騒ぎが起こり、嫌疑を掛けられた。しかし証拠は見つけられず、しかも当事者に複数の男子生徒との交際が発覚し、辛くも疑惑は立ち消えとなった。

　最大の危機を脱すると、歪んだ日常は何事もなく過ぎていった。相談者も変わりなく訪れ、妊娠騒ぎも完全に風化した。仕事が充実し、異常な性欲も順調に満たされていく。精神は安定し、独自の教師の理想論が頭の中で徐々に構築されていく。しばらく平穏な日々が続いた。

そんな時、私は美奈子に出会った。

実は美奈子との出会いは偶然ではない。彼女は私の幼馴染みだった沙枝という女性の娘なのだ。沙枝は中学三年生の時、不良高校生に乱暴され、美奈子を身籠った。両親は世間体を気にするあまり、理不尽に彼女を責め続けた結果、沙枝は美奈子を産み落として間もなく自殺。残された美奈子は、生前沙枝を励まし続けた私の十歳年上の兄夫婦が実の子として引き取り、とても可愛がっていた。ところが美奈子が小学三年生の時、兄夫婦が交通事故で急死し、その後施設に預けられた彼女はどこかの夫婦に引き取られた後、行方が分からなくなってしまったのだ。

だから中学校で再会を果たした時、私は感激した。無事に育ってくれたと安堵し、何も知らない彼女が、兄に似た私に近づいてきたのも仕方がないと思った。しかし、普段は普通の中学生なのに、陰で見せる少女らしからぬ世を拗ねた態度が良からぬ噂を裏付けた時、私も酷く後悔した。兄夫婦を失った直後、自分の悩みで精いっぱいだった私が、もしも美奈子を引き取ることができていたなら、もっと清らかな思春期を送れたかもしれないと思うととても不憫でならなかった。

美奈子が結婚を迫った時、お腹の子が私の子でないのは分かっていた。それでも美奈子が背負った不幸な境遇が少しでも癒やされるのならと、彼女の訴えを聞き入れた。決して美奈子の脅しに屈したわけでも、自分の少女への性的嗜好を隠すために最初から偽りの家族を持とうとしたわけでもない。結婚後、繰り返す夜遊びも、私に相手にしてもらえない腹いせだという理由も知りながらすべてを許した。なぜなら、私にとって彼女は娘のような存在でしかなく、どうしても妻として扱うことができなかったからなのだ。

すでに知っていると思うが、お前の本当の母親はめぐみだ。美しく成長していくめぐみは私の欲望を満たす究極の理想像であり、最大の誤算だった。身近に存在するこの少女を利用しない手はないと考えてしまった。血の繋がりがないという事実がこの衝動に拍車をかけたことは否めない。

私は幼いめぐみを手懐け、関係を持った。何も知らないめぐみに、心の病から私を救ってほしいと懇願した。そして素直で従順だっためぐみは、すべてを受け入れお前を身籠った。

私を慕う美奈子の前では口が裂けても言えないが、内心は嬉しかった。だが妊娠を知った時の美奈子の怒りは想像を絶し、めぐみに対する行動はあまりにも衝撃的だった。感情を表すどころか惨劇を回避する時間さえ限られていた。

「私たち家族の真実が知られてしまう」と、偽りの言葉で美奈子を説得するしかなかった。

めぐみの妊娠を機に私は公立中学校を辞め、後戻りできない偽りの家族を再構築するため、見知らぬこの地に移り住むことにした。

現在の学校にいるのは、私が追い詰められていた時期に何かと気に掛けてくれ、当時の私の稚拙な教育論を酒の席で何度も聞いてくれた一人の先輩教師が、「君の熱意を生かしてくれ」と今の学校を紹介してくれたお陰なのだ。

私は気持ちを新たに再び一心不乱に働いた。それまで描いていた独自の教育論をさらに発展させ昇華しようとあらゆる努力をした。それは家族の秘密を隠す完璧な防御とするため、完璧な人間を装う必要があると考えたからでもあった。

やがてそれを公の場で発言する機会を得、称賛を浴びると、マスコミがいち早く嗅ぎ付け、私は一躍教育界の〝時の人〟に祭り上げられた。事は思惑通りに進んでいった。しかし、外部の環境が激変するのと並行して、内面は次第に混乱していった。

新しい学校でもカウンセリングを始め、裏の顔は今も変わらず欲望のはけ口を少女たちに向け続けた。表の偉業を極めれば極めるほど、本当に求めているものはどちらなのか分からなくなっていた。趣味嗜好を全うするために教師をしているのだと、歪みを正当化する自分さえも現れてしまった。

さらに生まれてからのお前の存在が、私の気持ちを大きく揺るがせた。

至極当然のことだった。病弱なお前をめぐみは異常なほど可愛がった。それを見るたび、私はこの上ない嫉妬心を抱いた。溺愛するあまり関係を拒絶するのではという疑念が大きくなり「このまま続けなければ達哉をめぐみの手許から引き離す」と高圧的な態度でそれを防ごうとした。あまりにも身勝手な振る舞いなのは分かっていた。分かっていながらどうしても抑えられなかった。それ以後は関係を持つたびにめぐみに対する独占欲が強くなり、お前を蔑むような言葉を浴びせ続けた。それでもめぐみは逆らうことなく素直に聞き入れてくれた。だが今度はめぐみの膣内に果てると同時に、後悔の念が沸き上がって止まらなかった。私はめぐみに嘘をついていた。教え子への衝動を断ち切るどころか、最初から心の病を抑えるつもりなどまったくない自分を改めて気づかされ、心の中で罵倒し続けた。

つい先ほどもめぐみが書斎にやってきた。そして私がめぐみの膣内に果てた後、いつものようにコーヒーを持ってきてくれた。こんな手紙を書いているにもかかわらず、めぐみへの強い執着心が未だ衰えず、後悔の念に襲われる。

そんな自分が恥ずかしい。しかしこれが偽りのない私の姿なのだ。

めぐみのことも含め、美奈子によかれと考えた行動が、再び彼女を振り回す結果になりすべてが裏目に出てしまった。ある意味美奈子は、お前やめぐみと同様被害者なのだ。だから彼女を恨まないでやってほしい。

繰り返すが、これまでの経緯はどんなにきれい事を並べても、自分勝手な言い訳にすぎないし、絶対にあってはならない真実だ。だから達哉にすべてを許してもらおうとも思わないし、そんな権利は私にない。

だが、こういう気弱で何度も過ちを犯す愚かな大人が私以外にも世の中には大勢いる。

そのことだけは理解して、今後達哉の人生において、直面するであろう理不尽な状況に立ち向かう一つの糧にしてほしい。

キャッチボールとても楽しかった。

やっている最中、初めて父親の実感が湧いてきた。まったく相手をしてやれなくてすまなかった。もう一度言うが、決して心の底からお前を嫌っていたわけではない。本当は父親になるのが恐かった。なぜなら私は父親になる資格のない人間なのだから。私のような人間にならないよう、しっかり勉強するんだぞ。もちろん運動も忘れるな、でも無理はするなよ。

それじゃあ元気でな、達哉。

父賢一より

難しい言葉を国語辞典で調べながら淡々と読んでいた。本当に自分の都合のいい言い訳だとまた怒りが込み上げてきた。でも気づくと涙が溢れていた。読み終えた後、ボクは手紙をグチャグチャに丸めて放り投げた。

写真は、次の日全部を段ボール箱に詰め、ボクの部屋の収納の一番奥にしまった。グローブとボールも一緒に。

*

めぐみの指示通り、ひと月ごとに錠剤を半分づつ減らして飲み、美奈子のセックスの相手をしていた。すると彼女は順調に身体を弱らせ、薬をゼロにした翌日、賢一の許へと旅立った。

ボクが生まれてから十三年と半年。四人で暮らしていた我が家は、めぐみとボクの二人だけでは広くなりすぎて、寒くなりすぎた。

人並みの生命保険に入っていた賢一と美奈子は、それなりのお金を遺してくれた。加えて、賢一の死は仕事による過労死で労働災害であると認定され、労災保険からもお金が出た。

だからボクたちの引っ越しの決断に迷いはなかった。この住み心地が悪くなった一軒家を売り払い、すぐ近くにある築五年の小さなマンションの、偶然空いていた一番日当りのいい三階の２ＬＤＫの部屋に移ることにした（賢一の写真たちの居場所は、ボクが使う部屋にある収納の一番奥になる)。

でもボクはこのお金を頼りにして遊んで暮らそうとは思わない。「生活のことは気にしないで、たっちゃんはちゃんと大学まで行きなさい」ってめぐみに言われてるけれど、高校を卒業したら大学へは行かず、めぐみを手伝って生活を支えるつもりだ。

引っ越し前日、めぐみと二人で右隣の野村さんの家に、長話覚悟で挨拶に行った。

「お母さんもお気の毒に。相当ショックだったのね。とうとう元気になれなかったわねえ、本当残念だわ。二人とも気を落とさないでがんばってね。引っ越すっていってもすぐ近くなんだから、何かあったら私たちが相談に乗るわよ(〝私たち〟には池田さんや清水さん、それに山本のおばさんが含まれているのだと思う)」

野村さんの話し方が学芸会のセリフのようにおおげさで少しおかしかった。

「はい、ありがとうございます」

ボクとめぐみは示し合わせたように、ほぼ同時にまったく同じ返事をした。生前美奈子に叩き込まれた社交術が役に立ったみたいだ。

「でもねえ、お父さんが急に亡くなった時は本当にビックリしたわ。だって刑事さんがいきなり尋ねてきて、あなたたち家族のこと聞くんですもの。でも安心して。刑事さんには『芳賀さんはこの辺でも評判の仲がいい家族なんですよ』って話しておいたから。それにね、済んだことだからいまさらなんだけど、実はあの前の日の夕方、達哉くんがお父さんに叩かれてるところ偶然見ちゃったのよ。あっ、刑事さんには何も話してないから心配しないで。だって、いくら仲が良くても、たまには親子喧嘩だってあるだろうし、悪いことするなんて考えもしないから黙ってたのよ～」

お喋りおばさんで有名な野村さんでも無神経に他人の情報を漏らさない判断力があるなんて正直意外だった。それに美奈子の外交努力と、一点の曇りもない芳賀家の虚構がボクたちの秘密が露呈する危機を防いでいたなんて何とも皮肉だと思った。

＊

嵐のような十三歳が通り過ぎ、ボクはめぐみと二人で静かに十四歳の誕生日を迎えた。

本当は親子だけど、表向きは姉弟として今は平穏に暮らしている。

肉体関係は今も続いている。

もう罪悪感はない。恋愛中の恋人のように何の気兼ねもなくお互いを求め合っている。

ボクたちは他人とは結ばれない。二人でしか繋がることができない理由がある。

でもそれは悲劇じゃない。この状況がお互いの愛情をより深い淵へと導いてくれるのだとボクは前向きに考える。

美奈子を納骨した日、めぐみはすべてを打ち明けた。

それはにわかには信じがたい事実。「でもこれは真実なのよ」と、めぐみは柔らかに微笑んだ。

だからめぐみの告白を警察がまったく取り合わなかったのは無理もない。他人をも巻き込んだこの壮大な殺人計画の全貌が、あまりにも荒唐無稽で、現実離れした絵空事では実証できないというのが表向きの理由らしい。


こうとうむけい【荒唐無稽】荒唐で考えによりどころがないこと。でたらめ。「――な話」


きっと頭の固い先入観の塊のような大人たちが聞いても、〝この娘は両親が立て続けに亡くなったので精神的に追い詰められ、空想と現実の区別がつかなくなってしまった〟などと同情を買うだけだったに違いない。

本当に世の中はいい加減だ。でも、そのお陰でボクとめぐみがこうしていられるのだから、いい加減がすべて悪いわけではないようだ。

＊

「物心付いた頃、朝目覚めるとお母さんはいなかった。お母さんは十五歳でお姉ちゃんを産んで、まだ若かったから、毎日遊びに出掛けていたんだと思う。だからいつも独りぼっちでお留守番だった。

『いい子にしててね』

食堂のテーブルにあるのは、殴り書きのメモと、朝食分のバターを塗った食パン一枚とコップ一杯の牛乳、それに前日コンビニで買ってきたお昼ご飯のおにぎり二個と、紙パックのオレンジジュース。帰りが何時になるか分からないのに、夕ご飯は何も用意されていない。

いつの間にか、お昼ご飯のおにぎりを一個とオレンジジュースを半分残して、お母さんを待つようになった。

待っている間は一日中テレビを観てるだけ。

お姉ちゃんもたっちゃんと同じだった。教育テレビは子供向け番組が多いから、それで大丈夫だと思っていたのかもしれない。実際その間に寂しさは感じなかった。歌のお姉さんと一緒にテレビの前で唄ったり踊ったりもしてた。おもちゃは寝そべった格好をした熊のぬいぐるみが一つあるだけ。それはお母さんと初めてデパートに行った時、玩具売り場で一目で気に入り、なかなか離さなかったから、仕方なく買い与えてくれたもの。それ以来、お母さんは一緒に外出しなくなった。

それでも窓の外が暗くなると寂しさはやってきた。いるはずのないお母さんを捜して家中を泣きながら歩き回った。そして泣き疲れると、熊のぬいぐるみを枕代わりに、しっぽを掴んで眠ってた。

帰宅したお母さんは、そんなお姉ちゃんを見て、何を思ったのかきれいな花の写真がたくさん載っている植物図鑑を買ってきてくれた。ぬいぐるみ以来のプレゼントに、とてもはしゃいでいた記憶がある。もちろんすぐに気に入って何度も何度も見返した。一番印象に残ったのは、その名前の通り奇妙な形で花弁が鮮やかな青色をしたトリカブト。それがお姉ちゃんの人生を大きく変えた花との最初の出会いだった。

お姉ちゃんに接するお母さんはいつも不機嫌だった。お姉ちゃんに浴びせられる言葉すべてに棘があった。もしかしたら本当の娘ではないのかもしれない。だからいつも怒っているのだと、子供心に胸を痛めた。それでも頼れるのはお母さんしかいない。たとえ本当の娘でなくても、優しくしてもらいたい。気に入られたい。その一心で絶えず顔色をうかがっていた。だから心が休まらなかった。

でも日曜日だけは違っていた。それはお父さんが家にいるせいで、お母さんが一日中笑顔でいたから。そして夜、一緒に食事ができる。お姉ちゃんが唯一楽しくなれるひとときだった。

お父さんは、お姉ちゃんが小さい頃はほとんど関わることがなかった。最初は父親だとは思わず、ただ同じ家で暮らしている知らないおじさんでしかなかった。当然心を開くことはない。お父さんの態度が急変したのは小学四年生の秋。今思えば胸が少し膨らみ始めた頃だった。一緒にお風呂に入るようになり、寝る時は添い寝をして、頭を優しく撫でてくれた。一日の出来事を聞かれ、恐る恐る答えると、笑顔で相槌を打った。時々おとぎ話を聞かせてくれた。訳も分からないまま優しく接してくれるお父さんに次第に心を許し、好きになるのは当然の流れだった。

でもそれは、偽りの愛情。彼の性的欲求を満たすための道具として手懐けられただけのこと。何も知らないまま、されるがまま、お姉ちゃんは犯された。

それでもたっちゃんを身籠った時は心の底から嬉しかった。愛された結果宿った命ではないけれど、これで独りぼっちじゃなくなる。寂しい時に抱いていた、何も言わないぬいぐるみとは違う。暖かい温もりがある。私は素直に喜んだ。その時生きる意味を見つけたんだと思う。だからどんなことをしても産みたいと思った。でもお姉ちゃんにはそれがどれほど困難な状況なのか理解できなかった。そして中絶不可能と知ったお母さんは、突然お姉ちゃんの首を絞めた。お父さんを寝取られたと逆上し、お姉ちゃんとあなたを殺そうとした。遠のく意識の中お母さんは叫んだ。『お前は好きでもない男たちに身体を許した結果孕んだ、父親の分からない子だ。あの人とどうしても一緒になりたかったから、おまえを〝あなたの子だ〟と言い張り結婚を迫った……』

でも二人は生きている。偶然早く帰宅したお父さんに助けられたから。けれども、それも結局は自分の都合だけ。自分の面子、自分の欲求、すべて自分のためだった。あなたが生まれると、芳賀家は元いた街から遠く離れたこの地にやってきた。そしてそこから虚構が始まった。お母さんもお父さんも外では完璧な善人を装い、お姉ちゃんも無理矢理同調させられた。

家族に厳しくも優しい勤勉な父、家庭をしっかり守る社交的な母、両親の言うことを良く聞く大人しくて気立てのいい弟思いの長女。

拒むことはできなかった。

なぜなら、お姉ちゃんがお父さんの性的欲求を満たす相手を続けないと、たっちゃんを遠い所の施設へ預けると脅迫されていたから。お父さんはいつもお姉ちゃんからあなたを引き離そうと考えていた。子供と向き合わなければいけない教育者の正体は、大の『人間嫌い』であり『子供嫌い』だった。彼にはただ単に性の道具でしかないお姉ちゃんのそばには病弱なあなたが四六時中しがみついてる。ずっと疎ましく思っているのを知っていたから、いつか殺されると毎日毎日脅えていた。早くお父さんから離れたい。お母さんから逃げ出したい。だけど生活力がないのに幼いあなたを抱えて飛び出すことはできない。あなたと一緒にいるためには、あなたが大人になるまで耐えなければいけない。お母さんが与えてくれた植物図鑑を何度も見返し、偽りの日常に苛まれながらも、明るい未来を夢見て生き続けることの大切さを、何度も自分自身に言い聞かせ、お姉ちゃんは眠りについた。

〝外見からは想像もつかない猛毒を持つ〟

こう記されていたのもトリカブトに心惹かれた理由だった。その鮮やかな青色の花についてさらに詳しく調べてみようと思い立ち、図書館に足を運んだ。

『トリカブトの毒はしばしば暗殺の手段に使われていた。古代エジプトの王侯たちが使った方法で、敵対する相手に向けて暗殺の道具として、赤子の時から長い年月をかけて少女に少しずつトリカブトを飲ませて毒に対する耐性を持たせ、その身体から滲み出す体液に毒を含むようになった少女を贈り物として差し出す。敵はその有毒な少女の体液で死に至る。』

古い本からこの記述を見つけた時、閃いたのは自分の身体を有毒にするということ。

文明が発達して物が溢れているこの時代に、生身の肉体を人殺しの道具にするなんて、まるで趣味の悪いおとぎ話のようでとてもバカげているでしょ。でもだからこそ誰にも悟られないで計画が進められる、そう思った。

ところがそこからが大変だった。肝心のトリカブトの入手方法が分からない。園芸店で買えるトリカブトは観賞用のものでほとんど毒を含んでいない。さらに毒として精製する方法も分からない。どうしたらおとぎ話を現実の筋書にできるのか、相談できる相手なんていないるわけもない。やっぱり無理なのかなって諦めかけていたら、お母さんのお使いで出掛けた商店街に『フラワーショップ・ミーナ』を見つけた。偶然その日がオープンだった。何かを思い付いたわけでもなく、何かに導かれるように店の扉を開けた。正面奥でオーナーの佐東信也がお客さんみんなに笑顔で挨拶をしていた。目とても嬉しそうだった。ところがお姉ちゃんを見つけたとたん、表情が一変した。目を見開いて驚いた顔がみるみる紅潮した。初対面なのに、彼が特別な感情を抱いたと直感した時、何の迷いもなくその感情に付け込もうと考えた。それから店に通い詰め、花に関する質問をたくさん浴びせた。答えはどれも的確。

（この人にしよう……）

佐東信也を誘惑した。

セーラー服姿のお姉ちゃんの膣内《なか》で簡単に果ててしまう彼を見て、不道徳な行為だと分かっていながら堕ちてしまう大人の意思の弱さを改めて実感した。と同時に、計画が上手くいく確信を持った。

そうしたら佐東信也がこう言ったの。

『君は僕が学生時代憧れていた同級生の女子にそっくりだった。僕はその時彼女に何もできなかった思いを引き摺ったまま、君を抱いてしまった』

直感は正しかった。

『行動派で陽気な性格の彼女はみんなの人気者だった。誰にでも笑顔を振りまく彼女は遠くで見ているだけの内気な僕には当然手の届かない存在。影で〝売春まがいなことをしている〟と、良からぬ噂も聞いてはいたけど、ねたみやひがみを抱く人間のデマだと思い、まったく信じていなかった。しかし真実はすぐに明らかになった。生徒会の役員選挙の時、副会長に立候補した彼女は、身体で男子生徒の票を買っていた。全然目立たない僕のところにまで誘惑が及んだことで疑う余地がなかった。放課後、人気のない体育倉庫に呼び出され、好きなことしていいのよと身体を差し出す姿を見て、僕は頭が真っ白になった。ただ立ちつくすだけだった。それでも何度も何度も迫ってくる。結局まったく動かない僕は呆れられ、彼女は蔑むような目をして立ち去った。

その後、現実から逃げ出すように家に引き籠った。中学校卒業後の彼女の消息はまったく知らない。そして三年後、僕は淀んだ思いを断ち切る決意をして、その地を離れた』

出会いは偶然じゃなかった。〝彼女〟とは美奈子のこと。佐東信也に母がその〝彼女〟だと打ち明けると、彼はさらにお姉ちゃんの身体にのめり込んだ。その時、もしたっちゃんが店に来ても、二人はまったく無関係だと白を切るようにと、万が一知られるようなことがあったら、あなたが無理矢理関係を迫ったと警察に訴えると、強く脅して約束させた。

それからは思惑通りに事が運んでいった。

有毒なトリカブトが欲しいとねだると、君のためならと二つ返事で川村由紀夫を紹介された。以前話した通り、K薬品工業の研究者で、佐東信也に言わせると『彼は天才的な化学者だけれど、裏では密かに毒草を入手栽培し、それを売買して金を稼いでいる』という、アブナイ毒草マニアだった。それに彼は注文主の要望に合わせて毒の錠剤も作っていた。トリカブト入りの薬を入手するのも簡単なことだった。

でもね、トリカブトだけを使うと、即効性のある猛毒だから、お姉ちゃんがお父さんの相手をしている最中に死んでしまう可能性が大きくなる。それを避けるためには、効き目の遅いフグ毒を併用して独自の有毒性を持つ薬じゃなきゃいけないって思った。これって、お姉ちゃんの発想じゃないの。昔、効き目の違う二つの毒を使って起こった保険金殺人の事件がヒントなの。

川村由紀夫にこの話をしたら、驚くくらい乗ってきた。毒草ではないけれど、ふぐの毒も簡単に入手できると言うから、すぐに薬の開発をお願いしたら二つ返事でOKだった。

もちろん物騒な薬の依頼だから、その見返りはとんでもない要求だと覚悟した。そうは言っても中学生だったお姉ちゃんに大金なんてあるはずがない。あるのはただ一つ。

「お金はないから、私の身体をずっとあなたの好きにしていい。その代わりこのことは誰にも言わないでください」

そう言ったとたん川村由紀夫は手を叩いて喜んだ。なぜだか分かる？　そう、彼もお父さんのように誰にも理解されない異常な性的欲望の持ち主だった。

そんな話、聞きたくないのは分かってる。でもね、たっちゃんだけはお姉ちゃんのすべてを知っていてほしいの。だからお願い、最後まで聞いて。

川村由紀夫には週に一度の密会を要求された。それは金曜日の午後。場所は都心にあるタワーマンションの最上階にある彼の自宅。通された部屋には窓もなく、家具も一切ない。そこでお姉ちゃんは何も身に着けていない下半身を晒して、全裸で床に横たわる彼の顔に跨がった。浣腸を差して三十分間便意を我慢したお姉ちゃんのお尻の穴から勢い良く噴出する汚物を顔面に浴びながら、彼は自慰を始め最初の射精をした。

すべてが終わると、異臭の元を丁寧に舐めながら、休む間もなく二度目の射精。おしっこを浴びせることも要求された。彼は喉を鳴らして飲み干し、三度目の射精。お姉ちゃんの身体には全然触れなかった。彼の全身は小刻みに震え、異常に見開いた瞳の奥はまるで異次元の世界を透視しているかのように赤黒く光っていた。とてもこの世のものとは思えない光景だった。

でもこの見返りが一生続くわけじゃないと自分に言い聞かせ、何度も何度も全身をボディソープ塗れにして、何度も何度もシャワーで洗い流した。そして帰りには必ず『フラワーショップ・ミーナ』に寄って、さっきまでの悪夢を頭の中から拭い去るために新しい花を買った。

一年後、川村由紀夫は約束通りその薬を完成させた。『臨床試験もしたから効き目は間違いない』って彼は胸を張って断言したけれど、そんな薬が公に人間の身体で実験できるわけがない。きっとインターネットの裏サイトで密かに売り出して、効き目を確かめたんだと思う。

その後はたっちゃんも知ってる通り、二人との関係は計画が実行される少し前まで続いた。

薬を服用し始めてから半年後、お父さんは『射精する瞬間、何とも言えない痺れる感覚に襲われる。めぐみの膣内《なか》はいつまでもよく締まるからやめられない』なんて言い出した。この時、体液に毒が滲み出ていることを確信して、計画は次の段階に進んだ。そのまま流れに任せて関係を続けていけば、毒の濃度が上がってお父さんは死ぬかもしれない。けれどもその前に体調の変化に気づいて計画が露呈してしまう最悪の事態もある。だから川村由紀夫に依頼して準備を進めていたもう一つの薬の服用もそこから始めたの。

それはトリカブト毒を中和する時に使うと言われる緑豆と、フグが自分の体内にたくさん持っていて解毒力がとても強いと言われるシステインというアミノ酸の一種である物質を混合させて作った薬。セックスの時だけ飲んで、滲み出る毒を一時的に抑えた。

そして時が来るのを密かに待っていた。

たっちゃんに飲ませていた薬も同じもの。

あなたが成長した時、自分やお姉ちゃんの生い立ち、境遇を告白すれば必ず二人の殺害に賛同すると考えた。お母さんへの計画実行は初めからあなたにさせるつもりだった。そのためのセックスの手解きも、いずれはお姉ちゃんがしようと思ってた。でもその前にたっちゃんはお姉ちゃんを求めた。お父さんとの関係を知られたのは誤算だったけれど、正直好都合だった。でもね、あなたがお姉ちゃんを望んでくれたことは本当に嬉しかった。いけないことなのは分かっているけど、あなたには二人にない心の温もりを感じた。

あなたに注いだ愛情に間違いはなかった。

そして思惑通りのたっちゃんの助けで、計画は最終段階に入った。それは佐東信也、川村由紀夫の始末。単に口封じじゃなく、薬の効き目を自分の身体で確認するためでもあった。佐東信也は恐ろしい計画を知りながら、十年以上何も誰にも言わなかった。もちろん殺害する相手も知らない。叶わなかった美奈子への思いを埋めるように、お姉ちゃんの身体を貪り続けた自分に負い目を感じていたのかもしれない。彼は一方的な別れ話を素直に受け入れ、最後に膣内《なか》で放った五時間後、独りベッドの中で息絶えた。

川村由紀夫にもすべてを解放した。

身体の接触が一切なかった彼には、お姉ちゃんの排泄物を浴びて悦に浸っている最中に最初で最後の口付けをした。臭くてドロドロの口の中にたくさん唾液を流し込んだ。無意識にすべてを飲み込んだ二時間後、彼も素直に逝ってくれた。

短時間で結果が現れたのは、お姉ちゃんの汚物を浴び続けたせいで、知らないうちに身体が弱っていたのかもしれない。

後の計画はあなたに指示した通り。

たっちゃんがお母さんとのセックスのたびに少しずつ解毒薬の量を減らし、ついにはゼロで射精。そして彼女は逝った。半年かけたのは誰にも怪しまれないため。徐々に弱っていけば、世間はお父さんの死で憔悴して逝ったと思うから。

そしてお姉ちゃんは警察に行った。『私の身体を調べてください。誰か私を抱いて試してください。私の体液から必ず毒が検出されるはずです！』って叫んだ。でも、誰も聞き入れてくれなかった……」

＊

新しい家のリビングには、笑顔が溢れるめぐみとボクのツーショット写真が飾られている。

それは四十インチの薄型テレビが置かれた飾り棚の左隅。この部屋に入ると真っ先に人目に付く場所だ。そして右隅の少し奥には家族四人で撮った十三枚目の集合写真も飾られている。十四枚目も撮ったけれど、その中に映っている家族には楽しい思い出が一つもないからお蔵入りした。

川村由紀夫の急死は世間の注目を集めた。

「イケメン天才化学者・多すぎる死の謎」

ゴシップ誌はこぞってプライベートを探り回り、天才化学者の別の顔、毒草マニアも裏サイトでの売買のことも暴露された。暴力団との繋がりも指摘され、そのせいで殺されたのではないかという世論の声が大勢を占めた。

でも不思議なことに、彼が異常な性的欲望の持ち主だと報じるメディアは一つもなかった。めぐみの徹底した情報管理が功を奏したのだろうか。彼の死に関わる彼女の存在は表面化することなく闇に葬られた。

そして世間がその話題に飽きてきた頃、めぐみはK薬品工業を辞めた。目的を遂行するためだけにそこに身を置いていた彼女が、それが達成された今、薬に携わる理由はなくなった。

「フラワーショップ・ミーナ」は佐東信也の死後、間もなく家族の手で引き払われ、しばらく空き物件の貼り紙がしてあった。

しかし今は「街のお花屋さん・メグ」となり、めぐみが店先に立っている。

ボクは想像する。

花には一つ一つに花言葉が存在する。めぐみは今、これまで自分が生きてきた中で起きたさまざまな出来事を思い返し、いろいろな感情が沸き起こり、そしてそれらが変化していることに気づいた。例えば憎しみを抱いた過去が感謝になり、絶望が希望になっているとか。きっとそんな多くの感情を花言葉に託し、何時までも心に留めて、一生人生の教訓にする覚悟なのかもしれない。

ボクとめぐみは体内に毒を持っている。だから毒を持った者同士でしか肌を重ねることができない。

目的を達成した今、薬を服用する理由はもうない。だけど身体の中にはまだ毒素が残留しているのだ。

それはいつの日かなくなるかもしれない。そうしたら他の人と愛し合えるようになるかもしれない。

あるいはそれは一生なくならないかもしれない。そうすれば二人は永遠に他人とは暮らせない。

また、どちらかが早く毒素がなくなれば、どちらかが死んでしまうかもしれない。

ボクたちはボクたちが望んだ二人の死と引き換えに、ボクたちが望んだ幸せな未来に大きなリスク《危険》を背負った。客観的な見方をすれば、実の母の復讐に利用されただけの哀れな息子という被害者の構図が成り立つ。それでもボクは今まで自分がしてきたこと、あるいはさせられたことに後悔はない。血の繋がった母であるめぐみのために自身の身を捧げられて、本望だと思っている。


ほんもう【本望】もとからの望み。本懐。「—をとげる」「これほどの栄誉が得られて—だ（＝まったく満足だ）」


たった十四年生きただけで、明日死ぬかもしれない自分の立場はあまりにも過酷に見えるだろう。でもそうなってから考えることは〝人生は長さじゃない〟ということ。

たとえ短くても精いっぱい生きていたなら、それは充実した人生になるんじゃないかと思う。

だからボクはこれからの人生、悔いのないように一生懸命生きていきたいと思う。

＊

二人の親友と行動を共にするために課せられていた身体的なハンディキャップもなくなり、〝アウトドア〟という合言葉も自然消滅した。

ボクと松井純一、そして宮脇大輔は、真冬の日曜の午後、いつものファーストフード店にいた。

「シュガー・ラッシュオンライン」という、さっき観たアニメ映画の独自の批評をひとしきり戦わせ、三分ほど前に心地よい緊張感が解けたところだ。

「ねえ、松井君はセックスしたことある？」

宮脇大輔がトイレに立ったのを目で追いながら、彼の耳元で囁いた。

「なんだよ、急に？」

「何となく聞いてみたくなった……」

ハッキリ答えてくれなくても、それはそれでどうでもよかった。

「あるわけないだろ！」

漫才師の突っ込みのような素早い返事は、松井純一の赤面症を考えたら当然だと思った。

「と、言いたいところだけど……」

今度は彼がボクの耳元で囁いた。この切り返しは予測できなかった。

「実は僕、しちゃったんだ……」

「えっ、誰と？」

「誰にも言わないで……」

ボクが黙って頷くと、彼は顔を紅くしてもう一度耳元で囁いた。

「ママと……」


「ええっ！」

ボクは大声を出して飛び起きた。

「何、驚いてんだよ？」

宮脇大輔がボクを睨みつけて言った。

「あれ、大輔トイレに行ったんじゃなかったの？」

「行ったのはさっきだよ、でっかいクソして今戻ってきたんだよ！」

「達哉、今居眠りしてたの？」

松井が少し驚いてボクに言う。

「お前、こんな映画一本観たくらいでもう疲れたのか？　また病弱のヨワヨワくんに戻ったのか？」

「またって、そんな言われ方したことないだろ！」

松井と宮脇は大笑いした。

一瞬の夢で、大きくひと鳴りした胸の鼓動を二人は知る由もない。


ボクの周りにいる歪んだ家族は、ボクたちだけで十分だ。歪んだ家族だからこそ、亡くした二人を正当化できる。

ボクには過去を後悔している時間はない。

後悔するより前へ進まなければならない。精いっぱい今を生きなければいけない。

だって、明日死んでしまうかもしれないから。

了

あとがき

　この作品の草稿が完成したのは十年以上前。完成度はともかく、作品の内容自体には出版社からその時すでに〝お墨付き〟をいただいていた。

　筆者の諸般の事情により、残念ながらその当時、書籍化するには至らなかった。「いつか必ず」と願いつつも、その後も軽視できない家庭の苦難が続き、仕事の合間の執筆活動すらままならないまま、完成までにとうとう〝ひと昔〟と言われる期間が経過してしまった。

　その間を振り返って、現在の筆者を取り巻く環境は改善したかと聞かれると、ほとんど変わっていないと言わざるを得ない。

　しかし還暦が間近に迫った現在。自分のために費やした時間は、まったくもって不十分であったと思い返し、チャンスはもうここしかないと考え、意を決した。

　祖父母や両親が敷いてくれたレールを踏み外し、結婚もせず、子もいない。この年齢まで私は何も成し得ていない。このままでは人生を潔く終わらせることができない。

　決して老後の道楽ではない。この作品を完成させた時、素人ながら少なからず手応えを感じたのも事実。だからこれを機にこの業界で〝モノ〟になることを目指して邁進したい。

この作品が与えるインパクトは最初から意図したものではなかった。家族の風景を描いているうちに、「楽しい」「温かい」だけでは済まない、多くの幸せな家庭にすら一人一人に悩みや苦悩があることに気づいた。親が受けた仕打ちや、被った不幸な境遇が子どもたちを苦しめる。そしてその子どもも。後づけではあるが〝生まれてくる子は親を選べない〟という考えがいつしか作品の根幹になった。

子のない筆者が唱えても何の説得力もない。しかしこう思う。どんな形にしろ、自分の子が生まれた瞬間から、親としての責任が大きくのしかかってくる。親のいい加減な接し方考え方では、親を見て育つと言われる子の将来は決して明るくない。たとえそれを反面教師として受け入れたとしても、未来に大きな影を落とす可能性も否定できない。これは筆者にも言えること。運よく将来親になる機会を与えられた時には深く考えてなければいけないことだと思っている。

令和二年二月吉日

齋木カズアキ

著者プロフィール

齋木 カズアキ（さいき かずあき）

1962年11月生まれ、埼玉県出身。日本大学理工学部建築学科卒業後、建築設計事務所勤務を経てネットオークション運営会社に勤める。現在、小説家になるべく勉強中(2020年２月時点)。

趣味はプロ野球観戦（巨人ファン）と映画鑑賞。好きなジャンルはＳＦ(「スター・ウォーズ」ファン)。

アットホーム

2020年８月15日　初版第１刷発行

著　者　齋木 カズアキ
発行者　瓜谷 綱延
発行所　株式会社文芸社
〒160-0022　東京都新宿区新宿１－10－１
電話　03-5369-3060（代表）
03-5369-2299（販売）

印刷所　株式会社暁印刷

ISBN978-4-286-21759-8